꼭 읽어야 할

중학교
문학
첫걸음

수필

꼭 읽어야 할

중학교 문학 첫걸음 수필

초판 1쇄 발행 2025년 09월 01일
초판 3쇄 발행 2026년 01월 19일

글 장영희 외 **그림** 방현일 **엮음** 한재진
발행처 주식회사 스푼북 **발행인** 박상희 **총괄** 김남원
편집 김선영 길유진 박선정 이민주 이지은
디자인 이지숙 권수아 정진희 **마케팅** 박병건 구혜정
출판신고 2016년 11월 15일 제2017- 000267호
주소 (03993) 서울시 마포구 월드컵북로6길 88-7 ky21빌딩 2층
전화 02- 6357- 0050(편집) 02- 6357- 0051(마케팅)
팩스 02- 6357- 0052 **전자우편** book@spoonbook.co.kr

ISBN 979-11-6581-602-5 (43810)

꼭 읽어야 할

중학교
문학
첫걸음

수필

장영희 외 지음 | 방현일 그림 | 한재진 엮음

스푼북

여러분은 수필을 써 본 적이 있나요? 없다고요? 아니에요. 여러분은 모두 수필을 써 본 적이 있답니다. 어렸을 적 하루를 마무리 지으면서 그날 있었던 일, 느낀 점, 나의 마음을 진솔하게 표현했던 일기, 그리고 상대방에게 말로는 전할 수 없었던 내 속마음을 글로 표현한 편지들 모두 수필이죠.

수필은 다른 문학 작품들과는 다르게 형식적인 제약이 없어요. 작가가 자신이 하고 싶은 이야기를 자유롭고 개성 넘치게 표현할 수 있어요. 그래서 우리는 수필을 '붓 가는 대로 쓰는 글'이라고도 해요. 다시 말하자면 누구든지 쉽게 쓸 수 있는 문학적인 글이랍니다.

피천득이라는 작가가 쓴 글 〈수필〉에는 이런 대목이 나와요.

> "수필은 흥미를 주지마는, 읽는 사람을 흥분시키지는 아니한다.
> 수필은 마음의 산책이다. 그 속에는 인생의 향기와 여운이
> 숨어 있는 것이다."

즉, 수필은 단순히 재미만을 목적으로 하는 글이 아니에요. 한 사람이 인생을 살아가면서 느끼는 다양한 감정과 깨달음 등을 진솔하게 표현하여 우리의 일상을 더욱 가치 있고 아름답게 만드는 글이지요.

이 책에는 총 27편의 수필이 수록됐어요. 전문적인 작가들뿐만 아니

라 〈천 원〉, 〈탑차를 끄는 사계절의 산타〉, 〈할아버지의 엄마 나무〉와 같은 일반 학생의 글도 담겨 있죠. 현대 작품뿐 아니라 조선 시대 사람의 글도 있답니다. 시대와 지역, 전문성을 뛰어넘어 작품 속에 담겨 있는 삶의 의미와 깨달음에 주목해 보세요. 그리고 한 걸음 더 나아가서 여러분의 일상 속 경험과 작가의 생각을 연결 지어 보세요. 그렇게 하면 더 큰 깨달음과 감동이 여러분에게 다가올 겁니다.

그리고 실제로 여러분도 한 편의 수필을 써 보는 건 어떨까요? 여러분의 일상을 더욱 깊이 있고 소중하게 바라볼 수 있는 계기가 될 겁니다.

이 책에 담긴 수필을 음미하며 우리의 삶을 새로운 시각으로 바라보는 멋진 경험을 하길 바랍니다.

엮은이
한재진

차례

일러두기

1. 본문은 작품이 수록된 단행본을 원본으로 삼았으며, 맞춤법과 띄어쓰기는 국립국어원의 현행 표기법을 따랐습니다.
2. 책 제목은 《 》, 단편 소설 · 연극 · 잡지 · 노래 제목 등은 〈 〉로 표시하였습니다.
3. 부가적인 설명이나 단어 풀이가 필요하다고 판단한 경우에는 각주로 설명을 붙여 놓았습니다.

아름다운 흉터

이청준

어떻게 읽을까?

① 여러분에게도 기억하기 싫은 순간, 잊고 싶은 상처가 있나요? 나의 경험을 떠올리며 읽어 보세요.

② 작가는 왜 자신의 흉터를 '아름다운' 흉터라고 했을까요? 작가의 생각의 변화를 따라가며 읽어 보세요.

나의 두 손등과 손가락들에는 세 종류의 흉터가 선명하게 남아 있다.

　초등학교 1학년 때 첫 소풍을 가기 전날 오후 마음이 들뜨다 못해 토방* 아래에 엎드려 있는 누렁이 놈의 목을 졸라 대다 졸지에 숨이 막힌 녀석이 내 왼손을 덥석 물어뜯어 생긴 세 개의 개 이빨 자국 세트가 하나. 역시 초등학교 5학년 때쯤 남의 산으로 나무를 하러 갔다가 조급한 도둑 톱질 끝에 내 쪽으로 쓰러져 오는 나무둥치를 피하려다 마른 가지 끝에 손등을 찍혀 생긴 기다란 상처 자국이 그 둘, 고등학교엘 다닐 때까지 방학이 되면 고향 집으로 내려가 논밭걷이와 푸나무**를 하러 다니며 낫질을 실수할 때마다 왼손 검지와 장지 손가락 겉쪽에 하나씩 더해진 낫 상처 자국이 나중엔 이리저리 이어지고 뒤얽히며 풀려 흐트러진 실타래의 형국을 이루고 있는 것이 그 세 번째 흉터의 꼴이다.

　그런데 나는 시골에서 광주로 중학교 진학을 나오면서부터 한동안 그 흉터들이 큰 부끄러움거리가 되고 있었다. 도회지 아이들의 희고 깨끗하고 부드러운 손에 비해 일로 거칠어지고 흉터까

* 토방: 방에 들어가는 문 앞에 좀 높이 편평하게 다진 흙바닥
** 푸나무: 풀과 나무를 아울러 이르는 말

지 낭자한* 그 남루하고 못생긴 내 손꼴새라니.

　　그러나 그 후 세월이 흘러 직장 일을 다니는 청년기가 되었을 때 그 흉터들과 볼품없는 손꼴이 거꾸로 아름답고 떳떳한 사랑과 은근한 자랑거리로 변해 갔다.

　　"아무개 씨도 무척 어려운 시절을 힘차게 살아 냈구먼. 나는 그 흉터들이 어떻게 생긴 것인 줄을 알지."

　　직장의 한 나이 든 선배님이 어떤 자리에서 내 손등의 흉터를 보고 그의 소중스러운 마음속 비밀을 건네주듯 자신의 손을 내게 가만히 내밀어 보였을 때, 그리고 그 손등에 나보다도 더 많은 상

---

* 낭자하다: 여기저기 흩어져 어지럽다.

처 자국들이 수놓여 있는 것을 보았을 때부터였다.

그렇다. 그 흉터와, 흉터 많은 손꼴은 내 어려웠던 어린 시절의 모습이요, 그것을 힘들게 참고 이겨 낸 떳떳하고 자랑스러운 내 삶의 한 기록일 수 있었다. 그 나이 든 선배님의 경우처럼, 우리 누구나가 눈에 보이게든 안 보이게든 삶의 쓰라린 상처들을 겪어 가며 그 흉터를 지니고 살아가게 마련이요, 어떤 뜻에선 그 상처의 흔적이야말로 우리 삶의 매우 단단한 마디요, 숨은 값이라 할 수도 있을 것이기 때문이다.

그렇다면, 그것은 오직 나만의 자랑이나 내세움거리로 삼을 수는 없으리라. 그것은 오히려 우리 누구나가 자신의 삶을 늘 겸손하게 되돌아보고, 참삶의 뜻과 값이 무엇인가를 새롭게 비춰 보는 거울로 삼음이 더 뜻있는 일일 것이다.

이런 생각 속에서도 때로 아쉽게 여겨지는 일은 요즘 사람들 가운데엔 작은 상처나 흉터 하나 지니지 않으려 함은 물론, 남의 아픈 상처 또한 거기 숨은 뜻이나 값을 한 대목도 읽어 주지 못하는 이들이 흔해 빠진 현상이다.

아무쪼록 자기 흉터엔 겸손한 긍지를, 남의 흉터엔 위로와 경의를, 그리고 흉터 많은 우리 삶엔 사랑의 찬가를 함께할 수 있기를!

2

어느 날 자전거가
내 삶 속으로 들어왔다

성석제

어떻게 읽을까?

자전거 타기를 처음 배우는 경험을 통해 작가가 어떤 깨달음을 얻었는지 살펴보세요.

초등학교 6학년 겨울, 추첨으로 중학교를 배정받고 보니 읍내에 둘 있는 중학교 중 공립이었고 아버지와 형이 졸업한 전통 있는 학교였다. 문제는 초등학교 때처럼 걸어서 다니기는 힘든 거리라는 점이었다. 버스가 다니지 않았고 자가용은 물론 없었다.

내 고향은 분지여서 산으로 둘러싸인 읍내는 평탄했고 집집마다 자전거가 없는 집이 없었다. 그렇긴 해도 아이들을 위해 자전거를 사 주는 부모는 극소수였다. 대부분의 아이들은 성인용 자전거의 삼각 프레임 사이에 다리를 집어 넣고 페달을 밟아서 앞으로 진행하는, 곡예를 연상케 하는 자세로 자전거를 탔다. 나는 그런 아이들이 부럽기도 하고 경망스러워 보이기도 해서 운동 신경이 둔하다는 핑계로 자전거를 탈 생각을 하지 않고 있었다. 그러나 이젠 선택의 여지가 없었다.

내가 자전거를 배우기 위해 큰집에서 빌린 자전거는 읍내로 출퇴근하는 아버지의 자전거보다 더 무겁고 짐받이가 큰 '농업용' 자전거였다. 그 대신 자전거가 아주 튼튼해서 자전거를 배우자면 꼭 거쳐야 하는, '꼬라박기'를 무난히 감당해 낼 수 있을 듯 보였다. 내 몸이 그걸 견뎌 낼 수 있을지, 내 마음이 그 창피함을 견뎌 낼 수 있을지 의문스럽긴 했지만.

나는 오전에 자전거를 끌고 사람이 없는 운동장으로 갔다. 시멘트 계단 옆에 자전거를 세운 뒤 안장에 올라가서 발로 연단을 차는 힘으로 자전거의 주차 장치가 풀리면서 앞으로 나가도록 했다. 바퀴가 두 번도 구르기 전에 자전거는 멈췄고 나는 넘어졌다. 같은 식의 시행착오가 수백 번 거듭되었다. 정강이와 허벅지에 멍 자국이 생겨났고 팔과 손의 피부가 벗겨졌다. 나중에는 자전거를 일으키는 일조차 힘이 들었다. 마지막으로 쓰러졌을 때 어둠이 다가오고 있는 걸 알고는 막막한 마음에 자전거 옆에 한참 누워 있다가 일어났다.

동네로 돌아오는 길에는 50미터쯤 되는 오르막이 있었다. 오르막에 올라서서 숨을 고르다가 문득 내리막을 달려 내려가면 자전거를 쉽게 탈 수 있지 않을까 하는 생각이 들었다. 내리막 아래쪽은 길이 휘어 있었고 정면에는 내가 어릴 적 물장구를 치고 놀던 도랑이 기다리고 있었다. 그리고 그 옆에는 다음 해 봄에 거름으로 쓸 분뇨를 모아 두는 '똥통'이 있었다. 내가 자전거를 통제하지 못하게 된다면 결말은 단순했다. 운 좋으면 도랑, 나쁘면 똥통.

그럼에도 불구하고 나는 돌을 딛고 자전거에 올라섰다. 어차피 가지 않으면 안 될 길, 나는 몸을 앞뒤로 흔들어 자전거를 출발시켰다. 자전거는 앞으로 나아가기 시작했다. 페달을 밟지 않고도 가속이 붙었다. 나는 난생처음 봄을 맞는 장끼*처럼 나도 모를 이

---

* 장끼: 꿩의 수컷

상한 소리를 내지르며 자전거와 한 몸이 되어 달려 내려갔다. 가슴이 터질 듯 부풀었고 어질어질한 속도감에 사로잡혔다. 어느새 내 발은 페달을 차고 있었고 자전거는 도랑과 똥통 옆을 지나고 있었다. 나는 삽시간에 어른이 된 기분으로 읍내로 가는 길을 내달렸다.

그날 나는 내 근육과 뇌에 새겨진 평범한, 그러면서도 세상을 움직여 온 비밀을 하나 얻게 되었다. 일단 안장 위에 올라선 이상 계속 가지 않으면 쓰러진다. 노력하고 경험을 쌓고도 잘 모르겠으면 자연의 판단– 본능에 맡겨라.

그 뒤에 시와 춤, 노래와 암벽 타기, 그리고 사랑이 모두 같은 원리에 따라 움직인다는 것을 나는 깨달았다. 비록 다 배웠다, 안다고 할 수 있는 건 없지만.

3

부딪치면서 배워요

오소희

어떻게 읽을까?

우리는 어떻게 배움을 자기 것으로 만들까요? 진정한 배움이 이루어지는 과정을 생각하며 읽어 보세요.

3년 전 에티오피아에서 돌아왔을 때, 나를 기다리는 메일 가운데 다음과 같은 것이 있었다.

오소희 작가님, 안녕하세요? 다름이 아니라, 저의 친척 동생이 시각 장애를 가지고 있습니다. 그런데 작가님께서 쓰신 아프리카 여행기 《하쿠나 마타타 우리 같이 춤출래?》를 꼭 읽고 싶어 하네요. 시각 장애인들은 점자로 나온 책 이외에는 접해 볼 수 없는 실정입니다. 혹시, 이런 친구들이 작가님의 책을 읽을 수 있도록 도움을 주실 수 있나요?

나는 답 메일을 썼다.

죄송하지만 현재 그 책이 점자책이나 읽어 주는 책으로 출판되어 있지는 않습니다.

평소 같았다면 그 정도에서 메일이 마무리되었을 것이다. 그러나 말했듯이, 그때 나는 에티오피아에서 막 돌아온 참이었다. 주머니 속 여행 수첩에는 그곳에서 만났던 사람들, 가난과 고통 속에서도 희망을 잃지 않는 사람들이 내게 선사해 준 깨달음들이 적혀 있었다. '달려. 한 뼘이라도 달릴 여지가 있다면 땀을 내 더 달려. 그리고 그 한 뼘 고스란히 나누어 가져.' 같은 말들이. 그래서 선뜻 덧붙였다.

대신 제가 가서 읽어 줄게요.

그렇게 시작된 인연이었다. 수빈과 희원, 당시 중학교 2학년이었던 시각 장애 소년들. 만나 보니, 수빈은 덩치가 크고 진중했고 희원은 작고 유쾌했다. 우리는 첫 만남에서부터 서로를 좋아했다. 나는 매 주말마다 아이들을 찾기 시작했다. 그리고 내가 구경한 저 먼 세상, 혹은 문학이나 음악에 대해서도 함께 이야기를 나누었다.

그날은 아마도 두 번째 만남이었을 것이다. 겨울이었다. 6시가 되자 교실 밖에는 벌써 어둠이 내렸다. 이제 일어나 정리를 할 시간. 해야 할 일은, 블라인드를 내리고 책걸상을 정리하고 가방을 챙기고 불을 끄는 일.

그런데 아이들의 순서는 나와 달랐다. 수빈이가 '제일 먼저' 불을 껐다. 주위가 온통 깜깜해졌다. 그 속에서 수빈이가 익숙한 동작으로 블라인드를 내렸다. 희원이도 곧장 책걸상과 소지품을 정리했다.

나는 그저 어둠 속에 서 있었다. 아이들의 꼼꼼하고 차분한 동작을 기적으로만 느끼면서. 그때까지 모르고 있었다. 교실의 형광등이 나 혼자만을 위해 켜져 있었다는 걸.

어둠 속에서 아이들의 대화와 동작은 매우 자연스럽고도 능숙했다. 일순간 나아갈 바를 모르고 어둠에 경직된 것은 나뿐이었다. 내내 이런 어둠이었겠구나. 뒤늦게 어리석은 생각이 많아진 것도 나뿐이었다.

나는 수빈의 엄마, 희원의 엄마 모두 만나 보았다. 나 자신도 명색이 엄마인지라, 이러한 순간을 최초로 맞닥뜨렸을 그녀들의 '그 저녁'이 머릿속에 그림처럼 그려졌다. 방문을 여니, 어둠이 내린 줄 모르고 어둠에 잠긴 채 평화롭게 장난감을 만지작거리며 놀고 있는 조그만 아이. 그 아이들을 이처럼 훌륭하게 키워 내기까지 '어미'이기에 가능했을 반복과 열정……

그녀들의 사랑과 아이들의 성과가 가슴 벅차서, 나는 머릿속 그림이 촉촉하게 마음을 적시도록 조금 더 어둠 속 움직임을 가만가만 느끼고 서 있었다.

잠시 후 아이들에게 물었다.

"너희들은 이 교실의 구석구석을 다 외웠겠구나. 그럼 새로운 공간에 가서는 어떻게 하니?"

희원이가 당연하다는 듯 대답했다.

"부딪치면서 배워요."

1, 2초간 숨이 멎었다. 아, 그것 참 멋진 말이로구나! 그때 나는 마흔이 목전*이었다. 삶의 윤곽을 알아 버린 것 같았고, 그만큼 세상은 덜 흥미로웠다. 나 스스로 얼마나 모자란 존재인지를 잊었다. 그래서 지구의 머나먼 끝까지 다녀와야 절절한 교훈 하나쯤 가슴에 채워 넣을 수 있었다. 아이들이 그런 내게 가르쳤다.

'당신 바로 곁에 책상이 있어요. 부딪치면서 배워요. 배운다는

• 목전: 눈의 앞. 또는 눈으로 볼 수 있는 가까운 곳. 아주 가까운 장래

건 그런 거예요. 온몸을 내던지는 것.'

그 겨울 저녁, 알에서 깨어나듯 나는 어둠 속에서 깨어났다. 아끼지 않을 것이다. 다가올 나의 중년은 모름지기 더 부딪치고 더 배울 것이다. 어둠 속에서, 아이들 손을 잡고 긴 복도를 빠져나왔다.

4

괜찮아

장영희

어떻게 읽을까?

힘들거나 막막할 때, 누군가에게 들었던 위로의 말을 떠올려 보세요. 그 한마디가 어떤 힘을 주었는지 생각하며 글을 읽어 보세요.

초등학교 때 우리 집은 서울 동대문구 제기동에 있는 작은 한옥이었다. 골목 안에는 고만고만한 한옥 여섯 채가 서로 마주 보고 있었다. 그때만 해도 한 집에 아이가 보통 네댓은 됐으므로 골목길 안에만도 초등학교 다니는 아이가 줄잡아 열 명이 넘었다. 학교가 파할 때쯤 되면 골목은 시끌벅적, 아이들의 놀이터가 되

었다.

어머니는 내가 집에서 책만 읽는 것을 싫어하셨다. 그래서 방과 후 골목길에 아이들이 모일 때쯤이면 대문 앞 계단에 작은 방석을 깔고 나를 거기에 앉히셨다. 아이들이 노는 걸 구경이라도 하라는 뜻이었다.

딱히 놀이 기구가 없던 그때, 친구들은 대부분 술래잡기, 사방치기, 공기놀이, 고무줄놀이 등을 하고 놀았지만 나는 공기놀이 외에는 그 어떤 놀이에도 참여할 수 없었다. 하지만 골목 안 친구들은 나를 위해 꼭 무언가 역할을 만들어 주었다. 고무줄놀이나

달리기를 하면 내게 심판을 시키거나 신발주머니와 책가방을 맡겼다. 그뿐인가. 술래잡기를 할 때는 한곳에 앉아 있어야 하는 내가 답답해할까 봐 어디에 숨을지 미리 말해 주고 숨는 친구도 있었다.

우리 집은 골목에서 중앙이 아니라 모퉁이 쪽이었는데 내가 앉아 있는 계단 앞이 늘 친구들의 놀이 무대였다. 놀이에 참여하지 못해도 난 전혀 소외감이나 박탈감을 느끼지 않았다. 아니, 지금 생각하면 내가 소외감을 느낄까 봐 친구들이 배려해 준 것이었다.

그 골목길에서의 일이다. 초등학교 1학년 때였던 것 같다. 하루는 우리 반이 좀 일찍 끝나서 나 혼자 집 앞에 앉아 있었다. 그런데 그때 마침 골목을 지나던 깨엿 장수가 있었다. 그 아저씨는 가위를 쩔렁이며, 목발을 옆에 두고 대문 앞에 앉아 있는 나를 흘깃 보고는 그냥 지나쳐 갔다. 그러더니 리어카를 두고 다시 돌아와 내게 깨엿 두 개를 내밀었다. 순간 아저씨와 내 눈이 마주쳤다. 아저씨는 아무 말도 하지 않고 아주 잠깐 미소를 지어 보이며 말했다.

"괜찮아."

무엇이 괜찮다는 건지 몰랐다. 돈 없이 깨엿을 공짜로 받아도 괜찮다는 것인지, 아니면 목발을 짚고 살아도 괜찮다는 말인지……. 하지만 그건 중요하지 않다. 중요한 것은 내가 그날 마음을 정했다는 것이다. 이 세상은 그런대로 살 만한 곳이라고, 좋은 친구들이 있고 선의와 사랑이 있고, '괜찮아'라는 말처럼 용서와

너그러움이 있는 곳이라고 믿기 시작했다는 것이다.

오래전의 학교 친구를 찾아 주는 방송 프로그램이 있다. 한번은 가수 김현철이 나와서 초등학교 때 친구를 찾았는데, 함께 축구하던 이야기가 나왔다. 당시 허리가 36인치일 정도로 뚱뚱한 친구가 있었는데, 뚱뚱해서 잘 뛰지 못한다고 다른 친구들이 축구팀에 끼워 주려고 하지 않았다. 그때 김현철이 나서서 말했다고 한다.

"괜찮아. 얜 골키퍼를 시키면 우리 함께 놀 수 있잖아!"

그래서 그 친구는 골키퍼를 맡아 함께 축구를 했고, 몇십 년이 지난 후에도 김현철의 따뜻한 말과 마음을 그대로 기억하고 있었다.

괜찮아 - 난 지금도 이 말을 들으면 괜히 가슴이 찡해진다. 2002년 월드컵 4강에서 독일에게 졌을 때 관중들은 선수들을 향해 외쳤다.

"괜찮아! 괜찮아!"

혼자 남아 문제를 풀다가 결국 골든벨을 울리지 못해도 친구들이 얼싸안고 말해 준다.

"괜찮아! 괜찮아!"

'그만하면 참 잘했다.'고 용기를 북돋아 주는 말, '너라면 뭐든지 다 눈감아 주겠다.'는 용서의 말, '무슨 일이 있어도 나는 네 편이니 넌 절대 외롭지 않다.'는 격려의 말, '지금은 아파도 슬퍼하지 말라.'는 나눔의 말, 그리고 마음으로 일으켜 주는 부축의 말,

괜찮아.

그래서 세상 사는 것이 만만치 않다고 느낄 때, 죽을 듯이 노력해도 내 맘대로 일이 풀리지 않는다고 생각될 때, 나는 내 마음속에서 작은 속삭임을 듣는다. 오래전 내 따뜻한 추억 속 골목길 안에서 들은 말 – '괜찮아! 조금만 참아, 이제 다 괜찮아질 거야.'

아, 그래서 '괜찮아'는 이제 다시 시작할 수 있다는 희망의 말이다.

5

천 원

손성주

어떻게 읽을까?

예상치 못한 순간에 받은 따뜻한 위로가 있나요? 그때의 경험과 감정을 생각하며 읽어 보세요.

가끔 그런 때가 있다. 나 스스로도 이유는 모르지만 그냥 기분이 땅굴을 파고들어 가는 우울한 때. 그 할머니를 만난 게 딱 그런 때였다.

학교에서 무슨 일이 있었던 것도 아니었고, 온종일 반 애들이랑 웃고 떠들며 학교생활 잘하고 집에 가던 길이었다. 평소보다 잠이 좀 부족하긴 했지만. 그렇게 학교에서 집으로 걸어오는 길, 이어폰에서 흘러나오는 음악을 들으며 터벅터벅 집으로 향하던 나는 갑자기 몸의 피곤함이 몇 배가 되는 것 같은 느낌을 받았다. 몸이 무거우니 기분도 무겁고, 피곤하고. 집에 가서 쉬고 싶다는 지친 마음과 왠지 집에 가기 싫다는 삐딱한 마음이 부딪혀 자꾸 땅에 붙으려는 발을 겨우 떼어 내어 걷던 나는, 결국 집에 다 와서 근처 보건소 앞 벤치에 털썩 주저앉았다.

피곤하고 지친 데다 반쯤 잠에 취해 몽롱했다. 우울한 걸 넘어서 이유 없이 짜증이 날 지경이었지만 졸린 탓에 나 스스로 무슨 생각을 하는지도 모르는 상태였다. 누군가 내 손발에 족쇄를 채워 놓은 것 같다는 실없는 생각을 하며 내가 무슨 표정으로, 어떤 모습으로 있는지도 모른 채 그저 그렇게 앉아 있었다.

그때 내 눈앞으로 할머니 두 분이 지나가셨다. 아니, 사실 처음에는 사람이 지나가는지도 몰랐다. 반 박자 늦게 눈앞에 무언가 움직인다 싶어 눈으로 좇았고, 좀 더 보니 할머니 두 분이셨다. 한 분은 보라색 잠바를 입고 계셨고 다른 한 분은 잘 기억나지 않는다. 역사* 쪽으로 걸어가시던 두 분은 몇 걸음 거리에서 별안간 멈추셨다. 다른 한 할머니께서 보라색 잠바를 입은 할머니께 그냥 가던 길 가자며 팔을 잡아끄셨다. 몽롱한 정신으로 아무 생각 없이 두 분을 쳐다보고 있었는데, 갑자기 그분들이 걸음을 돌려 나에게 다가오셨다. 다른 할머니의 다소 못마땅한 눈빛을 알아채기도 전에 보라색 잠바를 입은 할머니께서 "학생." 하며 나를 부르시더니 가방에서 주섬주섬 뭔가를 꺼내셨다. 꼬깃꼬깃한 1,000원짜리 지폐. 이걸로 맛있는 거 사 먹으라는 할머니의 말씀을 뒤로한 채 이게 무슨 상황인지 파악하려던 나는, 그보다도 우선 이 돈을 돌려 드려야 한다는 생각이 퍼뜩 들었다. 감사하지만 괜찮다며 돌려 드리려는 나에게 할머니는 딱 나만 한 손녀가 있으시다면서, 손녀 생각이 나서 그러니 그냥 받아 두라고 하셨다.

자식 같아서 그런다, 손자 손녀 같아서 그런다, 어디서 들어 본 듯한 흔한 말이다. 그런데 그 말을 막상 내가 들으니 마음속에서 울컥하고 찡해지는 무언가가 있었다. 여전히 조금은 멍한 정신에, 찡한 마음에, 그리고 더 거절하는 건 예의에 어긋날 것 같다는 생각에 나는 결국 그 돈을 받았다. 집까지 가는 3분 남짓한 짧

* 역사: 역으로 쓰는 건물

은 거리를 걸으며, 나는 길거리를 지나가는 사람들의 시선이 신경 쓰여 막 울지는 못하고 훌쩍거리며 조금씩 눈물을 닦았다. 할머니께 감사한 마음만으로는 설명되지 않는, 순간 울컥하는 느낌이 있었다. 지쳐 있는데 위로받는 기분이었다. 힘내라는 말 같은 것보다 훨씬 따뜻한.

할머니께는 죄송하지만 그 1,000원으로 맛있는 걸 사 먹지는 않았다. 힘들 때 보고 힘낼 거라고 고이 넣어 둔 1,000원은 지금도 내 방 책장 위 지갑 안에 있다. 가끔 아무것도 하기 싫고 뻗어 버릴 것 같을 때 그 지갑을 가만히 손에 쥐어 보며 힘을 낸다.

6

선물

성석제

어떻게 읽을까?

작품 속 주인공이 선물을 받은 뒤 겪은 감정의 변화를 따라가며 읽어 보세요.

선물을 주고받는 문화를 낳는 터전은 유목적이고 도시적인 환경일 터인데 내가 태어나 자란 곳은 정착민, 농경의 세계였다. 오늘이 내일 같고 내일이 어제 같아서 좀처럼 변하지 않는 풍경, 관계, 면면에서는 선물을 주고받을 일이 없었다. 식구끼리 선물을 주고받는다는 건 상상할 수도 없었다.

그렇지만 나는 선물을 받은 적이 있다. 그것도 아버지에게서. "이건 네(게 주는) 선물."이라고 아버지가 말했기 때문에 그건 선물이 되었다. 개였다. 정확하게는 강아지였다.

아버지는 어느 날 점퍼 속에 강아지 한 마리를 넣어 왔다. 난지 며칠이나 지났을까. 호떡을 싸는 종이 봉지에 들어갈 수 있을 정도로 작았다. 어린 시절 내게 개는 닭처럼 잡아먹지는 않는다고 하더라도 닭 이상으로 좋아할 것도 없는 동물이었다. 중학교 2학년 때 서울이라는 유목적이고 도시적인 환경으로 전학 온 내게 아버지가 선물이라며 준 강아지는 내가 그때까지 보아 온 가축이 아니라 처치 곤란하고 '낯선 것'이었다. 그 이전에는 물론 그 뒤로 아버지는 한 번도 내게 선물을 준 적이 없다.

겨울밤이었고 아버지가 일평생 처음으로 선물이라며 종이 봉지 속에 든 강아지를 내게 줄 때 술 냄새가 났다. 나는 종이 봉지

속의 강아지의 목덜미를 붙들어 현관 바깥 종이 상자 속에 내려 놓았다. 가축은 집 안에 들일 수 없는 게 원칙이었다. 그때까지만 해도 나는 강아지를 선물로 생각하지 않았다. 아버지가 많은 식구 중 내게 주는 선물이라고 했지만 아버지가 그날 밤 집에 들어오면서 부딪친 첫 번째 식구가 내가 아니라 다른 사람이었다면 그의 선물이 되었을 가능성이 크다고 여겼다. 하지만 기분은 묘했다. 어쨌든 아버지에게서 처음 받은 선물이었으니까.

한밤중에 나는 선물이 우는 소리에 잠을 깼다. 내 옆, 옆과 그 옆, 그 옆에 자고 있는 그 누구도 잠을 깨거나 일어나지 않았다. 방을 나가서 바깥에 있는 화장실로 가기 위해 문을 열었을 때 선물이 우는 소리가 더욱 크게 들렸다. 사실 오줌이 마려웠던 것도 아니었다. 선물이 어떤 상태인지 알고 싶었던 것이었다. 그건 다리를 덜덜 떨며 낑낑거렸다. 나는 배가 고파서 우는 걸로 알았다. 부엌에 뭐가 있는지 몰라서 뭘 가져다줄 수 없었다. 나는 그날 저녁 내 몫으로 받고 아껴 먹다 남겨 둔 백설기를 가지고 나왔다. 접시에 물을 담아 백설기와 함께 큰맘 먹고 내밀었다. 선물은 내 선물에 관심이 전혀 없었다. 그저 낑낑거리며 다리를 떨며 울 뿐이었다. 나는 무시당한 데 대해 화가 났다. 선물을 철회했다. 백설기를 집어 들면서도 물은 그냥 두었다. 울다 보면 목이 멜지도 모르고 물은 그럴 때 먹으면 되니까.

방으로 돌아와 누웠을 때에도 선물의 울음소리는 계속해서 들려왔다. 천둥 치듯 아버지는 코를 골았지만 선물의 가느다란, 여

린 낑낑거림은 정확하게 나의 청각을 자극하고 잠 못 들게 했다. 결국 다시 밖으로 나갔다. 철회했던 선물을 다시 주고 그 옆에 쭈그리고 앉았다. 선물의 머리를 쓰다듬기 시작하자 울음이 그쳤다. 선물은 너무 어려서 백설기를 먹을 수 없었다. 물을 마시지도 않았다. 다만 관심과 연민에 반응할 수 있을 뿐이었다. 관심과 연민의 공급이 중단되면 즉시 울음이 시작됐다. 결국 나는 내복 바람으로 날이 밝아 오는 것을 보았다.

아버지는 강아지를 선물했다. 나는 강아지에게 백설기를 선물했다. 밤이 아침을 선물하듯 강아지는 내게 난생처음 경험하는 연민의 감정을 선물했다.

7

열보다 큰 아홉

이문구

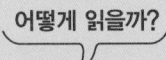

어떻게 읽을까?

열보다 아홉이 더 크다는 작가의 말을 어떻게 받아들여야 할까요? 발상의 전환을 통해 새로운
시각으로 세상을 바라보는 경험을 해 보세요.

오늘은 아홉과 열이라는 수가 지니고 있는 뜻에 대해서 생각해 보기로 합시다.

잘 아시다시피 열은 십·백·천·만·억 등의 십진급수(十進級數)에서 제일 먼저 꽉 찬 수입니다. 그러므로 이 열에 얼마를 더 보태거나 빼거나 한다면 그것은 이미 열이 아닌 다른 수가 됩니다.

무엇을 하기에 그 이상 좋을 수가 없이 알맞은 경우에 '십상* 좋다.'고 말하는 십상도, 열 십(十) 자와 이룰 성(成) 자에서 나온 말입니다. 그만큼 열이란 수는 이미 이룰 것을 이룩한 완전한 수이며, 성공을 한 수인 것입니다.

그러면 아홉이란 수는 어떤 수입니까? 두말할 필요도 없이 열보다 하나가 모자라는 수입니다. 다시 말하면 완전에 거의 다다른 수, 거기에 하나만 보태면 완전에 이르게 되는 수, 그래서 매우 아쉬움을 느끼게 하는 수인 것입니다.

그러면 아홉은 정녕 열보다 적거나 작은 수일까요. 그렇지 않습니다. 예를 들어 보겠습니다.

끝없이 높고 너른 하늘을 십만리장천이라고 하지 않고 구만리

---

* 십상: 꼭 맞게

장천(九萬里長天)이라고 합니다. 젊은이더러 앞이 구만리 같은 사람이라고 하는 말과 같은 뜻이지요.

굽이굽이 한없이 서린 마음을 구곡간장(九曲肝腸)이라고 하고, 굽이굽이 에워 도는 산굽이가 얼마인지 모르는 길을 구절양장(九折羊腸)이라고 하고, 통과해야 할 문이 몇이나 되는지 모르는 왕실을 구중궁궐(九重宮闕)이라고 하고, 죽을 고비를 수도 없이 넘기고 살아난 것을 구사일생(九死一生)이라고 표현하고 있습니다.

또 있습니다. 끝 간 데가 어디인지 모르는 땅속이나 저승을 구천(九泉)이라고 하고 임금보다 한 계급 모자라는 대신인 삼공육경(三公六卿)*을 구경(九卿)이라고 합니다. 문화재로 남아 있는 탑들을 보면, 9층 탑은 부지기수로 많아도 10층 탑은 아직 보지 못하였습니다.

동양에서는, 그중에서도 특히 우리나라에서는, 오랜 옛날부터 열보다 아홉을 더 사랑했습니다. 얼마나 사랑했으면 아홉 구 자가 두 번 들은 음력 9월 9일을 중양절**이니, 중굿날이니 하는 이름으로 부르면서 1,000년이 넘도록 큰 명절로 정하고 쇠어*** 왔겠습니까.

우리의 조상들이 열보다 아홉을 더 사랑한 것은 무슨 까닭이었을까요? 간단히 말해서 모든 일에 완벽함을 기대하지 않았다는

---

* 삼공육경: 조선 시대에, 삼정승과 육조 판서를 통틀어 이르는 말
** 중양절: 세시 명절의 하나로 음력 9월 9일을 이르는 말
*** 쇠다: 명절, 생일, 기념일 같은 날을 맞이하여 지내다.

뜻이 아니었을까요? 다시 말하면, 이 세상에 완전한 것은 없다는 사실을, 우리의 선조들은 아주 오랜 옛날부터 익히 알고 있었다는 것입니다.

우리가 흔히 듣는 말에 "모든 기록은 깨어지기 위해서 있다."는 말이 있습니다. 이 말이 맞지 않는 말이라면, 여러분이 아시다시피 세계 제일의 기록만을 수록하는 《기네스북》도 해마다 다시 찍

어 내야 할 이유가 없겠지요.

모든 기록이 반드시 깨어지게 마련인 것은, 그 기록을 이룩한 것이 인간이기 때문이라고 생각합니다. 인간은 저마다 무한한 가능성을 타고난 사실과 아울러서, 이 세상에 완전한 인간은 결코 어디에도 있을 수가 없다는 사실 또한 그 스스로가 증명해 주는 존재이기도 합니다.

열이란 수가 넘치지도 않고 모자라지도 않고, 또 조금도 여유가 없이 꽉 찬 수, 그래서 다음도 없고 다음다음도 없이 아주 끝나 버린 수라는 점에서, 아홉은 열보다 많고, 열보다 크고, 열보다 높고, 열보다 깊고, 열보다 넓고, 열보다 멀고, 열보다 긴 수였으며, 그리하여 다음, 또 그 다음, 그도 아니면 그 다음다음을 바라볼 수 있는, 미래의 꿈과 그 가능성의 수였기에, 슬기롭고 끈기 있는 우리의 선조들에게 일찍부터 열보다 열 배도 넘는 사랑을 담뿍 받아 왔던 것입니다.

하물며 여러분은 지금 한창 자라고, 한창 배우고, 한창 놀아야 할 중학생입니다. 여러분은 지금 무엇 한 가지도 완벽할 수가 없으며, 항상 어딘가가 부족하고 어설픈 것이 오히려 정상적인 학생입니다. 행여 무엇이 남들보다 모자란 것이 아닌가 싶어서 스스로 괴로워하고 외로워하고 서글퍼해 온 학생이 있다면, 어떨까요, 이제부터라도 열이란 수보다 아홉이란 수를 더 사랑해 보는 것은.

8

탑차를 끄는 사계절의 산타

김지원

어떻게 읽을까?

사람과 사람을 이어 주는 것은 무엇일까요? 타인을 위하는 따뜻한 마음이 우리들 주변에 있다는
사실을 생각하며 글을 읽어 보세요.

아빠의 하루를 훑은 내 손은 항상 더러워져 있었다. 까칠하고 물기 하나 없는 그 하루를 훑고 있노라면 괜히 살갗이 베일 것만 같은 느낌이 들었다. 하지만 그럼에도 불구하고 나는 아빠의 하루를 훑는 일을 7년 동안이나 계속하는 중이었다.

"오늘은 몇 개나 되냐?"

"글쎄, 200개 정도?"

"그렇게 많아?"

"응, 어—엄—청 많아."

내가 그렇게 말하면 아빠는 뿌듯한 웃음을 짓고는 하얗디 하얀 러닝셔츠를 입은 채, 욕실로 사라져 버리곤 했다. 나는 아빠의 뒷 모습을 바라보다가 다시 컴퓨터로 시선을 돌리고 손으로는 계속 해서 아빠의 하루를 훑었다.

내가 만지는 아빠의 하루 속에는 얼굴 모르는 누군가의 이름, 그의 주소, 전화번호 같은 것들이 꽤 빼곡하게 들어차 있다. 그 속에서 나는 항상 12자리의 숫자만을 골라 훑었지만 아빠는 받는 이의 주소와 이름만을 봤다. 덕분에 나는 꽤 쉽게 아빠의 하루를 상상할 수 있었다. 상상 속 아빠의 모습은 주소를 머릿속 내비게 이션에 입력한 뒤 그곳을 향해 뛰거나 운전하는 모습이었다.

"물건이 없어졌다는 거야. 분명 대문 안에 뒀는데."

"그럼 어떡해?"

"근데 알고 보니까 대문 요 틈 사이에 들어가 있다더라."

하지만 12자리 숫자를 컴퓨터에 입력하는 모습만으로 아빠가 내 하루를 모두 알 수 있는 게 아니듯, 나 또한 아빠의 모든 하루를 알 수는 없었다. 깨끗하게 씻고 나온 아빠는 늦은 저녁을 드시면서 뜬금없이 하루 일과를 말하고는 했는데, 그때마다 나는 왜이리도 아빠의 하루를 훑은 손이 더러워지는가를 짐작할 수 있었다. 하루에 200장이나 되는 운송장 속에는 그가 뛰고 옮기며 딸려 온 하루의 때가 고스란히 묻어 있었다.

내가 아빠의 하루를 직접 본 것은 비가 주룩주룩 내리던, 내가 교복을 입던 때의 초여름이었다. 오락가락하던 빗줄기는 내가 아빠의 차에 올라탄 후부터 가지는 않고 계속 오기만 했다. 기분 나쁘게 온몸에 스며들던 빗방울은 택배를 배송하기 위해 아빠가 차에서 내리는 순간까지도 계속되었다.

"아빠, 우산!"

나는 다급하게 소리쳤다. 그렇기 때문에 아빠는 분명 내 말을 들었을 것이다. 하지만 그럼에도 불구하고, 그것이 있으면 거추장스럽기만 하다는 걸 누구보다 잘 알지 않느냐는 몸짓으로, 그냥 차에서 뛰어내렸다. 그리고 겨우 얼굴만 가리는 캡이 달린 모자를 쓴 채로 사이드 미러 멀리로 사라졌다.

그때 내 반응이 어땠는지 딱히 궁금하지는 않다. 하지만 눈물이 많은 나는 아마 그 뒷모습을 보며 조금은 울었을 것이다. 그날 따라 아빠는 자꾸만 주소를 잘못 찾았고 그래서 비를 맞으며 몇 번이나 차 주변으로 되돌아왔지만 나는 그 많은 기회 중에 단 한 번도 아빠에게 우산을 건네지 못했다. 행여 두꺼운 박스로 포장된 물건이 젖을까 몸 가까이로 바싹 쥔 아빠의 손. 나는 그 손이 쥐어야 할 것은 당장 비를 가려 주는 우산이 아니라 박스라는 걸, 그리고 그게 아빠의 일이라는 걸 그때 처음으로 알았다.

시간이 흐르고 비가 서서히 멈출 때쯤, 아빠는 잃었던 주소를 겨우 찾아 배송을 완료하고 차로 돌아왔다. 그리고 시동을 걸고 히터를 튼 뒤, 소보로빵 하나를 꺼내 내게 주었다. 아빠의 차에는 항상 빵이 있었다. 빵을 건네는 아빠의 다른 손에는 물건을 배달하고 가져온 아빠의 하루 중 한 조각, 운송장이 들려 있었다. 그런데 그 운송장은 빗물에 젖어 더럽다 못해 너덜너덜했다. 금방이라도 찢어질 것만 같았다.

나는 말없이 운송장을 아빠의 손에서 건네받아 내 교복 재킷 속으로 집어넣었다. 다행히도 내 교복은 진한 붉은 계열이었으므로 어떤 먼지나 잉크의 번짐, 빗물이 스며들어도 전혀 상관이 없었다. 그래서 나는 아빠가 준 소보로빵을 먹으며 그렇게 운송장을 내 교복 재킷에 대고 말렸다. 보송보송해지지는 않더라도 힘없이 펄럭거리지 말고 빳빳하고 구김 없이 펴지길. 나는 그렇게 바랐던 것 같다.

"송장 번호 좀 알려 주실래요?"

"주소가 어떻게 되시죠?"

이 두 마디로 아빠는 모든 택배물의 상태를 파악했다. 그러니까, 어떤 주소만 말해도 그 집 현관이 어떻게 생겼고 어떤 번호로 전화를 했지만 아무도 받지 않았으며 집 또한 부재중이기에 우유를 집어넣는 주머니에 대신 물건을 넣었다,라고 말할 수 있었다. 휴대폰은 잘 활용하지 못하는 아빠였지만 그를 대체하는 엄청난 용량의 소프트웨어가 몸 어딘가에 있는 것 같았다.

"아빠, 어떻게 그런 걸 다 기억해?"

나는 경이로운 눈짓으로 물었다. 아빠는 정말로 택배에 관한 거라면 대부분의 것들을 기억했다.

"이 일을 하다 보면 그렇게 돼. 책임지고 물건을 전해 줘야 하니까."

"아무리 그래도……. 나는 못 할 것 같아. 막상 물어보면 기억이 가물가물하고."

"처음엔 누구나 그렇지. 근데 하다 보면 그걸 깨달아. 아빠는 여러 개 물건을 배달하지만, 이 사람들은 딱 하나만 기다리는구나. 얼마나 각별하겠어."

"아니야. 그럼 아빠가 더 힘든 거지. 선생님들이 항상 그래. '너희는 여러 명이지만 나는 한 명이잖니!'"

"바꿔 생각해 보면 물건이라는 건 아빠한테보다 그 사람들한테 더 소중해. 쟤들 봐. 산타 할아버지 때문에 일 년 내내 겨울만 기다리는 거."

아빠의 눈길은 나와는 띠동갑 정도 나이 차이가 나고 서로에겐 연년생인 두 동생에게 향해 있었다. 내 동생들은 산타 할아버지를 기다렸다. 누구도 그들이 기다린다는 걸 알지 못하지만 언젠가는 진짜 산타가 나타나 뿅! 하고 좋은 선물을 주길 바라고 있었다. 아빠도 자신과 그 물건을 기다리는 사람들이 그것과 똑같다고 했다.

순간 '월요병을 퇴치하는 방법'이 떠올랐다. 금요일 저녁, 배송지를 자신의 회사로 입력한 물건을 주문한다. 끝. 사람들은 '택배 기사'라는 이름의 산타가 전달하는 선물 덕으로 일주일 중 가장 힘든 하루를 견딘다.

나는 생각했다. 그렇다면 아빠의 매일매일은 12월 25일이다. 크리스마스는 단 하루이기에 소중하지만 아빠는 매일 산타가 되기에 소중하다. 누군가는 12월 25일이 아닌 8월 15일에 산타가 선물을 전해 주길 바라기 때문이다. 그래서 아빠는 그 소중한 마음을 안고 산타가 되었다. 루돌프 대신 탑차*를 타고 그 안에 가득 실은 선물을 벗 삼아 자신에게 혹은 누군가로부터 온 선물을 전달한다. 운송장은 '필체'라는 사람들의 개성이 실린 단 하나뿐인 지도가 되고 아빠는 그것을 머릿속에 그려 넣으며 가장 빠른 길을 찾는다. 비가 오건 눈이 오건 아빠에겐 물건이 가장 소중하다. 선물을 받지 못한 아이들의 시무룩한 표정을 견딜 수 없는 산타

· 탑차: 짐을 싣는 칸에 지붕이나 뚜껑이 있는 트럭

처럼. 다만 산타와 아빠가 한 가지 다른 점이 있다면 아빠는 언제나 그들과 연결되어 있다는 점이다. 아빠는 그들의 집 앞에 도착해 꼭 전화를 하고, 이렇게 말한다.

"집에 아무도 안 계신데, 누가 안 가져가게 잘 넣어 놓을게요."

그렇게 아빠는 오늘도 산타가 되어 가고 있다.

9

할아버지의 엄마 나무

한아리

어떻게 읽을까?

가족에 대한 애틋한 그리움에 공감하며, 슬픔을 위로하는 방법에 대해 생각해 보세요.

할아버지의 방에는 그림이 하나 있다. 군데군데 구깃구깃 구겨져 있는 낡은 그림. 문득 그 그림의 정체가 궁금해서 엄마를 붙잡고 물었다.

"이 그림은 뭐예요?"

"그건 네 증조할머니의 사진이야."

깜짝 놀랐다. 그림인 줄 알았는데 다시 보니 사진이었다. 사진을 골똘히 바라보고 있었는데, 갑자기 '딩동!' 초인종이 울렸다. 인터폰 너머로 삼촌이 보였다. 삼촌은 작은 통 하나를 들고 집 안으로 들어오셨다. 삼촌과 할아버지는 통 속의 흙을 바라보며 방에서 한동안 이야기를 나누셨다.

"엄마, 웬 흙이에요?"

"황해도 연백에서 가져온 흙이래. 이북 5도민* 단체에서 나누어 주는 걸 삼촌이 어렵게 가져오신 거야."

우리 할아버지는 실향민**이시다. 6·25 전쟁 중에 증조할아버지는 할아버지를 급히 남쪽에 데려다 놓고 나머지 가족들을 데리

---

* 이북 5도민: 6·25 전쟁 무렵에 휴전선 북쪽의 황해도, 평안남도, 평안북도, 함경남도, 함경북도에서 남한으로 와 정착한 주민들을 말한다.
** 실향민: 고향을 떠난 뒤 다시 돌아갈 수 없게 된 사람

러 북쪽으로 올라가셨다. 그사이에 휴전 협정이 맺어져서 남과 북이 갈라졌다. 그렇게 남쪽에 남은 우리 할아버지는 열세 살의 나이에 가족들과 떨어져서 홀로 실향민이 되셨다고 한다.

그동안 이산가족의 아픔을 깊이 생각해 본 적은 없었다. 가족과 만날 수 없는 상황은 생각만 해도 슬프지만, 전쟁이나 이산가족은 나와 관련이 없다고 생각했기 때문이다. 하지만 나는 며칠 뒤에 보았다. 작은 사진을 오래도록 바라보다가 통 속의 흙을 꺼내 손으로 만지시고, 냄새를 맡아 보시고, 가슴에 품어 보며 눈물을 흘리시는 할아버지의 모습을……. 할아버지는 흙을 통해 당신의 엄마 얼굴을 만지시고, 엄마의 냄새를 맡으시고, 엄마를 끌어안고 계셨던 것이 아니었을까? 그 순간 마치 내가 할아버지가 된 것처럼 너무 슬프고 속상해서 눈물이 나왔다.

며칠 후 할아버지는 내 손을 잡고 마당 구석에 있는 화단으로 가셨다. 거기에는 삼촌이 가져오셨던 그 통이 있었다.

"우리 이 흙으로 나무를 심을까?"

할아버지의 말씀에 나는 대답 대신 씩 웃었다. 우리는 그곳에 철쭉을 심었다. 증조할머니는 철쭉꽃을 좋아하셨다고 한다.

"할아버지, 우리 이 나무 이름을 '엄마'라고 지어요."

내가 말하자 할아버지는 "그거 좋다."라고 하며 나를 안아 주셨다. 할아버지의 품이 너무 따뜻해서 또 슬펐다.

할아버지가 가끔씩 증조할머니의 사진을 꺼내어 물끄러미 들여다보시는 모습을 볼 때면 난 조용히 할아버지의 방문을 닫는다. 이제는 안다. 빛바래서 잘 보이지도 않는 작은 사진을 소중히 간직하며 꺼내 보시는 할아버지의 슬픈 마음을.

내년 봄이 되면 '할아버지의 엄마 나무'에 철쭉꽃이 활짝 피어 날 것이다. 예쁜 꽃을 보면서 할아버지가 조금이라도 위안을 얻으셨으면 좋겠다.

10

사막을 같이 가는 벗

양귀자

어떻게 읽을까?

여러분은 속마음을 털어놓을 수 있고 언제나 내 편인 친구가 있나요? 진정한 우정에 대해 생각해 보세요.

학창 시절에는 유별나게도 학년이 바뀌고 반이 바뀌어 친구들과 뿔뿔이 흩어져야 하는 신학기가 싫었다. 마음으로 간절히 원했던 친구는 거의 언제나 다른 반으로 가 버렸고, 한 반이 되지 않기를 빌고 빌었던 친구는 어김없이 한 반으로 편성되곤 하는 불행 아닌 불행 앞에서 얼마나 많이 속상해했는지 모른다.

그래서 학년이 바뀌고 처음 얼마 동안은 늘 마음을 잡지 못했었다. 아침에 눈을 떠 학교에 갈 일을 생각하면 가슴 한편이 써늘해지곤 하던 그 느낌을 지금도 나는 선연히* 떠올릴 수가 있다.

특히 운동장 조회나 체육 시간 같은 때 친한 친구도 없이 외따로 떨어져 그 지겨운 시간을 견딜 생각을 하면 어디론가 도망가고 싶을 지경이었다. 게다가 점심시간은 또 얼마나 무렴한지**, 친하지도 않은 짝과 김치 국물 흐른 도시락을 꺼내 놓고 밥알 씹는 소리까지 서로 환히 들어가며 밥 먹을 생각을 하면 입맛도 달아나 버렸다.

그런데 다른 아이들은 그렇지 않은 것 같았다. 가만히 살펴보면 어느새 하나둘씩 친한 친구를 만들어 저희들끼리 밥도 먹고

* 선연히: 실제로 보는 것같이 생생하게
** 무렴하다: 염치가 없음을 느껴 부끄럽고 거북하다.

조회 시간에도 나란히 서서 다정하게 속살거리는데, 그 속에서 혼자만 외톨이로 빙빙 돌고 있는 아이는 나 하나뿐인 것처럼 생각되곤 했다.

　그 지독한 소외감은 물론 시간이 흐르면서 조금씩 나아지기는 했었다. 여름 방학을 할 때쯤이면 운동장 조회나 점심시간을 외롭게 하지 않을 단짝 한 명 정도는 발견하기 마련이니까 결국은 시간이 해결해 주기 마련이다.

　그러나 역시 시간이 흐르면 신학기 또한 어김없이 다시 찾아오는 것이었다. 그러면 다시 이별과 탐색, 그리고 지독한 소외감에 시달리는 쓸쓸한 나날이 잊지도 않고 이어지는 것이었다.

이제는 반이 나뉘고 새로운 급우들한테서 실컷 낯설음을 맛봐야 하는 신학기 따위는 영영 내 곁에서 사라졌다. 그 대신 시기하고 미워하며, 또는 빼앗고 속이는 황폐한 세상살이에 낯가림하며 사는 나날 속으로 내던져지고 말았다.

망망대해를 헤매는 듯한 인생의 항해는 신학기 잠시의 외로움을 극복하는 일 따위와는 비교도 할 수 없을 만큼 두려움 가득하고 힘들다. 삶은 고난투성이고 끝없는 인내를 요구하기만 하는데, 그러나 홀로 헤치는 파도는 높고 거칠기만 한 것이다.

바로 이때에 영혼을 함께 나눌 친구가 절실히 필요해진다. 인생이란 험난한 항해를 같이 겪고 있다는 동지애의 확인, 혹은 내삶의 따뜻한 동반자라는 느낌이 전해져 오는 친구와 같이 있는 시간에는 이 세상도 한번 살아 볼 만하다는 용기가 솟는다.

목소리만 듣고도 친구가 처해 있는 상황을 눈치채는 우정, 눈짓만 보아도 친구가 무얼 원하는지 알아채는 우정, 그런 돈독한 우정을 상호 간에 교환하고 있는 이들이라면, 그렇다면 적어도 실패한 삶은 아니라고 단정할 수 있는 것이다.

살아가면서 그런 우정을 가꾸는 이들을 종종 만난다. 비록 나의 친구는 아니지만 그 모습을 보는 일은 참 아름답다. 언젠가 친구가 사업에 실패해서 낙향하여 쓸쓸히 살아가는 것을 안쓰러워하다 못해 자기도 다니던 직장을 정리하고 가족과 함께 시골로 내려가 친구 옆에서 땅을 일구는 사람을 만난 적이 있었다.

이미 결혼하여 각각의 식솔을 이끌고 있는 두 사람한테는 참으로 어려운 결정이었겠지만, 그러나 그들은, 양쪽 집의 가족들 모두는, 한결같이 이렇게 말하는 것이었다. 냉혹한 이 세상에 대항하기 위해 두 집이 힘을 합쳤으니 얼마나 든든하냐고.

누군가 말했었다. 친구 없이 사는 일만큼 무서운 사막은 없다고. 또 누군가는 말했었다. 친구 없이 사는 것은 증인 없이 죽는 일이라고.

그 말들을 새기고 있으면 불현듯 마음이 찡해 온다. 나는 지금 무서운 사막을 홀로 걷고 있는 것은 아닌지, 지금 내 삶의 의미를 설명해 줄 단 한 사람의 증인도 없이 마음을 닫고 살아가는 것은 아닌지.

하지만 우정은 상호 간의 교류이다. 일방적인 행위가 결코 아닌 것이다. 말하자면 내가 먼저 쌓아야 할 탑이고 내가 밭을 경작해서 맺어야 할 열매인 것이다. 그럼에도 불구하고 탑을 제대로 쌓는 사람, 혹은 빛깔 곱고 아름다운 열매를 맺는 사람은 참 드물다. 친구는 많지만 진정으로 벗이라 부를 만한 이는 몇이나 되는지. 그것만이라도 한 번쯤 되새겨 보며 살아야 하는 것 아닐까.

11

내 마음의 희망등

이순원

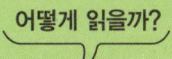

어떻게 읽을까?

나에게 힘이 되어 주는 어른은 누구인지 생각하며 읽어 보세요.

지난봄, 초등학교 시절 담임 선생님이었던 은사님께서 정년 퇴임을 하셨다. 강릉에 계시는 권영각 선생님.

그분을 처음 만난 건 초등학교 5학년 때의 일이었다. 전기도 들어오지 않던 오지 마을에 그때 나이로 스물다섯 살쯤 된 새신랑 선생님이 전근을 오셨다. 다른 선생님들은 강릉에서 자전거로 통근했지만, 이 선생님은 전근을 오신 지 한 달 만에 학교 옆에 방 한 칸을 얻어 들어오셨다.

강릉 시내에서 시골 학교까지 자전거를 타고 다니기가 불편해서가 아니었다. 지금도 고등학교와 대학교의 입시 열풍이 대단하지만, 그때는 중학교까지 입학 시험을 봐서 들어가던 때라 도시의 6학년 아이들은 거의 모두 입시 과외를 했다. 강릉 시내의 초등학교 6학년 아이들도 그랬다.

그렇지만 나와 친구들에게 '과외'는 꿈조차 꿀 수 없는 다른 세상의 이야기였다. 선생님은 낙후된 벽촌*에서 도시의 아이들보다 상대적으로 불리한 여건에서 공부하는 우리를 위해 일부러 전기도 들어오지 않는 마을에 들어와 신혼살림을 차린 것이다.

---

* 벽촌: 외따로 떨어져 있는 구석진 마을

더구나 그때 사모님은 배 속에 아기를 가진 몸이었다. 지금 같으면 도저히 시골 학교 옆으로 들어와 살 수 없는 상황인데도 선생님과 사모님은 벽촌의 어린 제자들을 위해 기꺼이 시골 마을로 들어오셨다. 그 이삿짐을 우리 반 아이들이 날랐다. 작은 손수레에 이불 보퉁이 하나, 솥 하나, 그릇 몇 개가 전부였다.

낮 공부가 끝나면 각자의 집에서 저녁밥을 먹고 우리는 다시 학교에 갔다. 학교에 가면 언제나 선생님이 수업 준비를 끝내고 우리를 기다리고 계셨다. 낮 공부와는 가르치는 선생님도 배우는 우리도 분위기가 달랐다.

그때 우리가 배운 것은 단순히 학교 공부만이 아니었다. 선생님이 우리에게 가르쳐 주신 것은 '자신감'이었다. 공부에 대한 자신감이 아니라 앞으로 어른이 되어 세상을 살아가는 동안 어디 나가서도 기죽지 않고 자기 뜻을 펼칠 자신감을 어린 가슴마다에 심어 주셨다.

가난한 시골 마을이다 보니 한 학년에 쉰 명쯤 되는 아이들의 3분의 1은 가정 형편상 중학교 진학을 포기해야만 했다. 우리가 6학년이 되었을 때, 학기 초부터 선생님은 한 명의 제자라도 더 중학교에 보내려고 논둑으로 밭둑으로 아이들의 부모를 찾아다니며 설득했다. 어떤 집은 10리 길을 세 번 네 번 찾아가기도 했다. 그런 선생님 덕에 우리 반은 우리 한 해 위나 한 해 아랫반보다 더 많은 아이가 중학교에 갈 수 있었다.

어둠이 깔리기 시작하면 우리 책상 위에는 등잔불이, 선생님

책상 위에는 작은 남포등*이 불을 밝혔다. 선생님 책상 위에 불을 밝히던 남포등에는 '희망등'이라는 글자가 새겨져 있었다. 아마도 그 남포등을 만든 사람은 그 등이 단순히 어둠을 밝히는 것만이 아닌 희망을 비춰 주는 것이 되기를 바랐던 게 아닌가 하는 생각이 든다.

그 이름 탓인지 우리는 자연스럽게 그 남포를 '희망등'이라고 부르고, 선생님을 '희망등 선생님'이라고 불렀다. 그때 선생님은 공부뿐 아니라 선생님의 별명 그대로 우리에게 앞날에 대한 '희망'과 '내일'을 가르쳐 주고 계신다는 것이 어린 마음에도 가늠되었기 때문이다.

사람들은 지금 내가 소설을 쓰고 있으니까 어린 시절부터 문학적 소양 같은 것이 반짝반짝했을 거라고 생각하는 것 같다. 나 역시 다른 작가들에 대해서는 그렇게 생각할 때가 많다. 저 친구는, 혹은 저 후배는 아마 어린 시절부터 문학적으로 반짝반짝 빛나는 구석이 많았을 거라고.

그러나 겸손의 말이 아니라, 나는 대학에 입학하기 전까지 단 한 번도 백일장 같은 곳에 나가 상을 받아 본 적이 없다. 초등학교 시절엔 초등학교 시절대로 그랬고, 중고등학교 시절엔 중고등학교 시절대로 그랬다. 나는 언제나 그런 상으로부터 멀찌감치 떨어져 있던 아주 평범한 소년이었다.

---

* 남포등: 석유를 넣은 그릇의 심지에 불을 붙이고 유리로 만든 등피를 끼운 등

5학년 2학기 때의 일이다. 나는 교내 백일장에서는 물론 군 대회같이 큰 백일장에 나가서도 매번 떨어지기만 했다. 그때도 역시나 군 대회에 나가 아무 상도 받지 못하고 빈손으로 돌아온 다음이어서 어린 마음에도 나는 참으로 크게 낙담을 했다. 선생님은 그런 나와 학교 운동장 가에 있는 커다란 나무 아래에 나란히 앉아서 이런 말씀을 하셨다.

"지금은 단풍이 한창이지만 봄에는 나무에서 꽃이 피지?"

"예."

"너희 집에는 어떤 꽃나무가 있니?"

"매화나무도 있고, 살구나무도 있고, 배나무도 있어요."

"그래. 그러면 매화나무 예를 한번 들어 보자. 같은 매화나무에도 먼저 피는 꽃이 있고, 나중에 피는 꽃이 있지?"

"예."

"그러면 먼저 핀 꽃과 나중에 핀 꽃 중에 열매를 맺는 건 어느 꽃일까?"

나는 얼른 대답하지 못했다. 그러자 선생님이 말씀하셨다.

"매화나무는 나무들 가운데서도 이른 봄에 빨리 꽃을 피우는 나무란다. 그런 매화나무 중에서도 다른 가지보다 더 일찍 피는 꽃이 있지. 다른 가지에서는 아직 꽃이 피지 않았는데 한 가지에서만 일찍 꽃이 피면 그 꽃은 사람들의 눈길을 끌게 마련이지. 그렇지만 선생님이 보기에 그 나무 중에서 제일 먼저 핀 꽃들은 대부분 열매를 맺지 못하더라. 제대로 된 열매를 맺는 꽃들은 늘 더 많은 준비를 하고 뒤에 피는 거란다."

"……."

"이번 군 대회에 나가서 아무 상도 받지 못하고 오니까 속이 상하지?"

"예."

"그래서 이렇게 기운이 없고?"

"……."

차마 그렇다고 대답은 할 수가 없었다. 선생님 얼굴도 바라볼 수가 없어 나는 그저 고개를 떨어뜨리고 가만히 땅바닥만 내려다보고 있었다.

"나는 네가 그렇게 어른들 눈에 보기 좋게 일찍 피는 꽃이 아니라, 이다음에 큰 열매를 맺기 위해 천천히 피는 꽃이라고 생각한다. 너는 지금보다 어른이 되었을 때 더 큰 재주를 보일 거야."

그때는 그 말의 의미를 정확하게 몰랐다. 그러나 뭔가 조금은 알 것 같기도 했다. 선생님은 덧붙여 이다음에 꼭 좋은 글을 쓰는 작가나 시인이 되고 싶다면, 그때 남들보다 더 큰 열매를 맺기 위해서라도 지금은 책을 많이 읽으라고 하셨다.

"선생님은 이다음 네가 꼭 큰 작가가 되어 선생님도 네가 쓴 책을 읽게 될 거라고 믿는다. 너는 일찍 피었다가 지고 마는 꽃이 아니라 남보다 조금 늦게, 그렇지만 큰 열매를 맺을 꽃이라고 믿는다. 선생님이 보기에 너는 클수록 점점 더 단단해지는 사람이거든."

아마 그때부터였을 것이다. 나는 닥치는 대로 집과 학교에 있는 책을 읽었고, 초등학교를 졸업할 때까지 그 의미를 제대로 이해하든 이해하지 못하든 당시 삼중당에서 나온《한국 문학 대계》열두 권짜리 두꺼운 책들을 다 읽어 냈던 것이다. 어른들이 읽는《삼국지》도 초등학교 시절 몇 번을 읽었는지 모른다.

나는 지금도 어린 시절의 독서가 내 작가 생활의 가장 큰 자양*이 되고 있다고 생각한다.

나에게만 그랬던 것이 아니라, 저마다 방법이 달랐지만 우리 친구들 모두 그 '희망등 선생님'에게 그런 사연 하나씩은 가지고 있다.

너는 손재주가 참 대단하구나, 또 너는 이런 것을 잘하는구나, 그리고 너는 또 저런 것을 참 잘하는구나…….

또 집안이 가난해 중학교를 가지 못하는 아이에겐, 지금은 집안이 가난해 중학교를 가지 못해도 너는 부지런하니까 이 부지런함만 잃어버리지 않는다면 어른이 되어서도 큰 부자로 살 거다, 하고 선생님은 우리들 하나하나에게 그런 말씀으로 용기를 주셨다.

나는 스물한 살 때부터 본격적으로 작가 수업을 했다. 그러다 보니 신춘문예**에만도 열 번 넘게 떨어졌다. 처음 몇 해 동안은

---

* 자양: 몸의 영양을 좋게 하는 성분이 많은 물질
** 신춘문예: 해마다 봄에 신문사에서 아마추어 작가들을 대상으로 벌이는 문예 경연 대회. 작가 등단 제도의 하나

아직 내 공부가 모자라니까 하는 생각으로 버틸 수 있었지만 떨어지는 햇수가 계속되다 보니 중간중간 이것이 정말 내가 가야 할 길인가 하는 회의*가 들 때도 많았다. 혹시 재주도 없이 열정만 믿고 이 길로 나선 게 아닌가 싶은 불안감이 들었던 것이다.

그때 다시 힘을 내라는 좋은 얘기들과 격려도 많았지만, 이런저런 회의로 불안한 나를 다시 책상에 불러 앉혀 더욱더 치열한 습작** 생활을 하게 했던 것은 어린 시절 그 나무 아래에서 들었던, '너는 제대로 열매를 맺을 큰 꽃이 될 거다.'라는 선생님의 말씀 한마디였다. 내가 이제 그만 그 자리에 주저앉고 싶을 때마다 그 말씀이 또 한 번의 희망과 오기를 가지게 했다.

* 회의: 의심을 품음. 또는 마음속에 품고 있는 의심
** 습작: 시, 소설, 그림 따위의 작법이나 기법을 익히기 위하여 연습 삼아 짓거나 그려 봄.

　내가 작가가 되었을 때, 또 작가 생활을 하며 이런저런 문학상을 받게 되었을 때 가족 다음으로 가장 먼저 전화를 드리는 분도 바로 내 어린 시절의 '희망등 선생님'이시다.

　그 선생님은 나에게만이 아니라 나와 함께 선생님 댁을 찾아뵈었던 우리 집 아이에게도 인생에 큰 힘이 될 만한 가르침을 주셨다.

　아이가 초등학교 4학년 때 내가 선생님께 약주를 대접하는 옆에 앉아 있다가 조심스럽게 말을 꺼냈다.

　"우리 아빠를 이렇게 훌륭하게 키워 주신 아빠 선생님께 저도

술을 한 잔 따라 드리고 싶습니다."

이 말을 들은 선생님께서 우리 아이에게 이렇게 말씀해 주셨다.

"선생님은 네가 다니는 학교의 선생님이 아니어서 네가 공부를 잘하는지 못하는지는 알 수가 없다. 그렇지만 선생님이 보기에 너는 나이가 어린데도 인사성이 밝고, 또 이렇게 어른들을 즐겁게 해 주는 마음도 넓은 걸 보니 이다음에도 많은 사람들이 너를 좋아하겠구나. 그리고 너도 많은 사람들의 마음을 즐겁게 해 주는 아주 좋은 사람이 되겠구나."

내가 보기에 우리 아이도 그날 선생님의 말씀을 듣고 큰 자신감을 얻은 듯했다. 앞으로 자신이 사람을 어떻게 대해야 할지를 그날 그 말씀 한마디로 완전하게 배운 듯했다. 또 그것이 아이에게 어떤 일에서든 늘 자신감을 주는 것 같았다. 그때 선생님이 아이에게 말씀하셨던 것도 바로 자신감에 대해서였다.

"다른 아이들이라면 그러고 싶은 생각이 있어도 이렇게 말하기가 쉽지 않은데, 아빠 선생님에게 술을 따라 드리고 싶다고 말하는 것도 큰 자신감이란다. 이 자신감만 가지면 너는 이 세상에서 어떤 일을 해도 다 잘할 수 있을 것이다."

사람이 어린 시절 누구에게 어떤 말을 듣느냐에 따라 달라질 수 있다는 걸 나는 어린 시절 내 모습에서도 보고, 지금 중학교 3학년이 된 내 아들의 모습에서도 본다. 같은 선생님께 받은 가르침으로 인해서.

12

집을 수리하고 나서

이규보

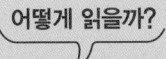

어떻게 읽을까?

작가가 집을 수리한 경험에서 얻은 깨달음을 더 넓은 영역으로 확장해서 생각해 보세요.

우리 집에는 퇴락한* 행랑채**가 있다. 그런데 그중 세 칸이 곧 쓰러질 것만 같아, 어쩔 수 없이 전부 수리를 하게 되었다.

이 일이 있기 전, 그 가운데 두 칸에는 오래전부터 비가 샜었는데, 나는 그걸 알고도 그냥 내버려두다가 미처 수리를 하지 못하였고, 나머지 한 칸은 한 번밖에 비가 새지 않았을 때 급히 기와를 교체하게 한 적이 있다.

그런데 이번에 수리를 하고 보니 비가 오래 샌 곳은 서까래와 추녀며 기둥과 들보가 모두 썩어서 못 쓰게 되었으므로 경비가 많이 들었고, 한 번밖에 비가 새지 않은 곳은 재목들이 모두 온전하여 다시 쓸 수 있었기 때문에 비용을 줄일 수 있었다.

그래서 나는 이런 생각이 들었다.

이런 일은 사람의 경우에도 마찬가지가 아닐까. 잘못을 알고서도 즉시 고치지 않는다면, 오래 비를 맞은 목재가 썩어 못 쓰게 되듯이, 자기 몸을 망치게 될 것이다. 반면에 잘못한 일을 거리낌 없이 고친다면, 비 맞은 목재를 다시 쓸 수 있었던 것처럼, 그 잘못한 일은 다시 착한 사람이 되는 데 아무 방해도 되지 않을 것이다.

* 퇴락하다: 낡아서 무너지고 떨어지다.
** 행랑채: 대문간 옆에 있는 집채

또한, 여기에만 그칠 일이 아니다. 나라의 정치도 역시 이와 같은 것이다. 모든 일에 있어서 백성에게 큰 피해가 되는 것들을 이리저리 둘러맞추기만 하고 개혁하지 않다가, 백성이 못살게 되고 나라가 위태해지고 나서야 갑자기 바꾸려 한다면, 나라를 부지하기 어려운 법이다. 그러니 신중하게 생각하지 않을 수 있겠는가.

13

잘 준비된 말을

이해인

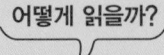

어떻게 읽을까?

제목의 의미를 생각해 보고 여러분의 언어생활을 돌아보며 읽어 보세요.

매우 어쭙잖은˚ 글이긴 하지만 나는 어느새 글을 쓰는 사람으로 알려지게 되어 원고 청탁도 꽤 자주 받게 되고, 그러다 보니 더러는 거절을 한다 해도 늘 글빚˚˚을 많이 지고 사는 셈이다. 전문적으로 글을 쓰는 사람이든 아니든 간에 시나 산문 등을 하나의 작품으로 탄생시키기까지는 참으로 남모르는 아픔과 인내, 아낌없는 정성과 노력이 요구된다. 나 역시 글을 쓸 때는 마음에 드는 적절한 표현을 찾기 위해 수없이 종이를 버리며 잠을 설칠 때도 많고, 옆 사람이 눈치를 챌 만큼 끙끙 몸살을 앓곤 한다. 글을 쓰기 위해 이렇듯 힘든 과정을 거칠 때마다 나는 겉으로 드러나는 나의 언어생활을 한 번씩 뒤돌아보게 된다. 내가 말을 할 때도 글을 쓸 때만큼 심사숙고하고, 이것저것 미리 헤아려 분별 있는 말을 하도록 애쓴다면, 성급하고 충동적인 말로 다른 이의 마음을 상하게 하는 일은 거의 없을 것이라는 생각이 든다. 깊이 생각하지 않고 쉽게 뱉어 버린 말들 때문에 빚어지는 오해나 불신이 우리 주변엔 얼마나 많은가?

˚ 어쭙잖다: 비웃음을 살 만큼 언행이 분수에 넘치는 데가 있다. 또는 아주 서투르고 어설프다.
˚˚ 글빚: 글을 써 주기로 한 빚

　누가 어쩌다 한결같이 겸허하고*, 예의 바르고, 품위 있는 말
씨를 쓰면 다시 그 사람을 쳐다보며 감탄할 만큼, 요즘 우리의 언
어생활은 퍽도 거칠고 삭막해졌음을 자주 절감한다**.

　흔히 글은 오래오래 종이에 남는 것이고, 말은 그냥 사라지는
것쯤으로 생각해 버리기 쉽지만, 한마디의 말 또한 듣는 이의 마
음속에 오랫동안 간직될 수 있는 것이라고 한다면 우리는 얼마

· 겸허하다: 스스로 자신을 낮추고 비우는 태도가 있다.
·· 절감하다: 절실히 느끼다.

나 신중을 기해야 할 것인가? 한 사람의 펜으로 쓰여진 글은 그 사람 특유의 개성을 지닌 작품이 되듯이, 한 사람의 입에서 나온 말 또한 그 사람의 인격을 드러내는 하나의 작품이라고 할 때, 우리는 결코 함부로 말할 수가 없으리라. 너도나도 바쁘게 살다 보니 생각할 시간이 별로 없다고 해도, 우리는 매일 잠깐씩 일부러라도 틈을 내어, 마음 깊은 곳으로 들어가 자신의 언어생활을 점검해 보고 늘 잘 준비된 말을 할 수 있도록 최선을 다해야 할 것이다. 말을 할 때마다 마음의 준비를 하며, 꾸준히 자신을 성찰해 간다면 아무래도 부정적인 말보다는 긍정적인 말을 더 하게 될 것 같다. 자기와 남을 이롭게 하고 기쁘게 하는 좋은 말, 선한 말만 골라 하기에도 시간이 모자라는데, 남을 비난하고 상관도 없는 일에 끼어들어 흥분하거나, 불평과 짜증과 푸념으로 시간을 보낸다면 얼마나 어리석은 일이겠는가? 마음먹기에 따라서 우리는 얼마든지 말의 질을 높일 수가 있고, 이것은 곧 삶의 질을 향기롭게 높이는 것이라 생각된다.

이유 없이 남을 깎아내리는 말, 무례하고 오만하고 이기적인 말, 천박하고 상스러운 말은 아예 입에 담지를 말자. 잘 안 된다면 적어도 우선은 횟수를 줄이려고 노력하자. 우리의 말씨가 거칠어지는 것이 시대 탓, 무분별한 매스 미디어 탓이라고만 하지 말고, 우리의 끊임없는 노력으로 매일의 언어생활을 참으로 선하고, 진실하고, 아름다운 작품으로 꽃피우자.

14

자연은 위대한 스승

김하경

어떻게 읽을까?

작가가 자연의 원리 속에서 얻은 깨달음이 무엇이었는지 살펴보세요.

어느 날 마당에 앉아 물끄러미 허공을 바라보고 있었습니다. 그때 아주 큼직한 거미 한 마리가 전깃줄과 빨랫줄 사이의 넓은 공간에다가 지어 놓은 거대한 거미집이 눈에 띄었습니다. 비 온 뒤라서 거미줄은 온통 영롱한 구슬처럼 반짝반짝 빛났습니다. 그 솜씨가 어찌나 정교하고 미려한지*, 그 신비로움에 감탄하여 한참이나 넋을 잃을 정도였습니다.

그런데 자세히 들여다보니 잠자리 한 마리가 거미줄 가장자리에 걸려 안간힘을 쓰는 모습이 눈에 띄었습니다. 벗어나려고 몸부림을 칠수록 거미줄은 더욱더 잠자리의 가느다란 몸뚱이를 사정없이 죄어 왔습니다. 조금 전까지 신비로움과 아름다움의 대상이었던 거미집이 갑자기 소름이 오싹 돋는 죽음의 덫으로 변했습니다.

거미줄로 다가가 조심조심 잠자리의 몸을 휘감은 거미줄을 떼어 보았습니다. 그러나 어찌나 가늘고 신축성이 뛰어난지 거미줄을 떼어 내기가 여간 힘든 게 아니었습니다. 더욱이 잠자리 날개는 너무 얇고 미세해서 숨을 죽이며 조심조심했는데도 그만 한쪽

---

* 미려하다: 아름답고 곱다.

날개가 너덜너덜 찢어지고 말았습니다. 가까스로 거미줄을 다 벗겨 냈지만 잠자리는 날 수가 없었습니다. 손바닥 위에 올려놓고 몇 번이나 날려 보았으나 잠자리는 그때마다 곤두박질치듯 바닥으로 떨어지고 말았습니다. 그 뒤 몇 번 더 퍼덕였지만 끝내는 더 이상 움직이지 않았습니다.

결국 거미는 거미대로 먹이를 잃고, 잠자리는 잠자리대로 죽고 만 것입니다. 도와준다고 나선 것이 결과적으로는 둘 다 망치고 만 것입니다.

이런 게 값싼 동정심이란 거구나.

신이라도 되는 것처럼, 돌고 도는 이 자연의 순환, 이 위대한 자연의 섭리를 거스르다니, 바꿔 보겠다고 끼어들다니.

이런 무지몽매*가 없었습니다. 후회막심**이었습니다.

그때였습니다. 어디서 냄새를 맡았는지 귀신같이 알고 개미들이 죽은 잠자리 시체를 향해 떼를 지어 새까맣게 몰려오기 시작했습니다.

바로 저거야!

자연의 가르침에 저절로 머리가 숙었습니다.

자연은 정말 위대한 스승입니다.

---

* 무지몽매: 아는 것이 없고 사리에 어두움.
** 후회막심: 더할 나위 없이 후회스러움.

15

엄마의 눈물

장영희

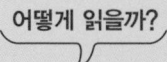

어떻게 읽을까?

부모님을 생각하면 떠오르는 것이 있나요? 여러분을 향한 부모님의 사랑을 떠올리며 글을 읽어
보세요.

유학을 마치고 돌아온 지 10여 년이 지났지만, 그때 가져온 짐 보따리가 차일피일 미루다 보니 그대로 다락방에 방치되어 있었다.

어제는 불가피하게 미국 대학에서 썼던 자료들을 꺼내야 할 일이 있어 10년 묵은 짐을 정리하는데, 다락 한구석에 '영희 짐'이라고 커다랗게 매직펜으로 써진 상자가 눈에 띄었다.

내가 유학 간 사이에 이 집으로 이사를 오면서 어머니가 내가 쓰던 물건들을 정리해 놓아둔 상자였다. 고등학교나 대학 때 친구들과 주고받았던 편지, 노트, 시험지 등등 태곳적* 물건들 가운데 아주 낡은 와이셔츠 갑 하나가 끼어 있었다.

열어 보니 신기하게도 초등학교 다니던 때의 물건들이 담겨 있었다. 어렴풋이 생각나는 것이, 어렸을 때 '생명'보다 더 아낀다고 생각했던 보물 상자였다. 동생들과 싸워 가면서 모았던 예쁜 구슬병, 이런저런 상장들, 내가 좋아했던 만화가 엄희자, 박기준, 김종래 씨들의 만화를 흉내 내 그린 그림들, 그리고 맨 바닥에는 '3학년 7반 47번 장영희'라고 써진 일기장이 있었다.

* 태곳적: 아득한 옛적

호기심에 일기장을 대충 훑어보았다. 초등학교 3학년생이 썼다고 믿어지지 않을 만큼 꽤 세련된 필체로(오히려 지금 나는 악필로 소문나 있다.) '동생 태어난 날—앗, 또 딸이다!' 'M&M 초콜릿 전쟁' '이 세상에서 제일 미운 애' 등 재미있는 제목들이 눈에 띄었다.

나는 짐 푸는 것을 잠깐 접어 두고 본격적으로 일기를 읽어 나가기 시작했다. 30여 년이라는 세월이 무색할 정도로 작고 어둡던 다락방이 갑자기 열 살짜리 소녀의 꿈과 희망으로 환해지는 것 같았다.

일기는 매번 '이제는 동생과 사이좋게 놀아야지.' '다음번엔 벼락공부를 하지 말아야지.' 등 '해야지'라는 결의로 끝나고 있었다. '결의'는 곧 '실행'이라고 생각하는 순진무구함이 재미있어 계속 일기를 넘기는데, 문득 12월 15일자의 '엄마의 눈물'이라는 제목이 눈에 들어왔다.

오늘 아침에도 엄마가 연탄재 부수는 소리에 잠이 깼다. 살짝 문을 열고 보니 밤새 눈이 왔고 엄마가 연탄재를 바께쓰에 담고 계셨다. 올해는 눈이 많이 와서 우리 집 연탄재가 남아나지 않겠다. 학교 갈 때 엄마가 학교까지 몇 번이나 왔다갔다 하면서 깔아 놓은 연탄재 때문에 흰 눈 위에 갈색 선이 그어져 있었다. 그 위로 걸으니 별로 미끄럽지 않았다.

하지만 올 때는 내리막길인데다 눈이 얼어붙는 바람에 너무 미끄러워 엄마가 나를 업고 와야 했다. 내가 너무 무거웠는지 집에 닿았을 때 엄마는 숨을 헐떡거리고 이마에는 땀이 송송 나 있었다. 추운 겨울에 땀 흘리는 사람! ─바로 우리 엄마다. 그런데 나는 문득 엄마의 이마에 흐르는 그 땀이 눈물같이 보인다고 생각했다. 나를 업고 오면서 너무 힘들어서 우셨을까, 아니면 또 '나 죽으면 넌 어떡하니.' 생각하시면서 우셨을까. 엄마 20년만 기다려요. 소아마비는 누워 떡 먹기로 고치는 훌륭한 의사 되어 내가 엄마 업어 줄게요.

일기를 보면서 입에는 미소가, 눈에는 눈물이 돌았다. 꿈을 이루는 데 '누워 떡 먹기'라는 표현을 쓰는 열 살짜리 어린아이의 세상에 대한 믿음이 재미있어 웃음이 났고, 학교에 가기 위해 모녀가 매일매일 싸워야 했던 그 용맹스러운 투쟁이 새삼 생각나 눈물이 났다.

돌이켜 보면 학창 시절, 내게 '학교에 간다.'는 말은 문자 그대로 '간다'의 문제였다. 우리 집은 항상 내가 다니는 학교 근처로 이사를 하여 학교에서 고작 2, 300미터 정도의 거리였지만, 그것도 내게는 버거운 거리였다. 게다가 비나 눈이라도 오는 날은 학

교에 가는 일이 그야말로 필사적인 투쟁이었다.

아침마다 우리 여섯 형제는 제각각 하루의 시작을 위해 대전쟁을 치렀는데, 어머니는 항상 내 차지였다. 다리 혈액 순환이 잘

되라고 두꺼운 솜을 넣어 직접 지으신 바지를 아랫목에 넣어 따뜻하게 데워 입히시는 일부터 시작하여 세수, 아침 식사, 그리고 보조기를 신기시는 일까지, 그야말로 완전 무장을 하고 나서 우리 모녀는 또 '학교 가기' 전투를 개시하는 것이었다.

초등학교 3학년 때까지 어머니는 나를 업어서 데려다주셨지만, 그것으로 끝나는 게 아니었다. 화장실에 데려가기 위해 두 시간에 한 번씩 학교에 오셔야 했다.

그때 일종의 신경성 요뇨증 같은 것이 있었던지, 어머니가 오시면 가고 싶지 않던 화장실도 어머니가 일단 가시기만 하면 갑자기 급해지는 것이었다. 때문에 어머니는 항상 노심초사*, 틈만 나면 학교로 뛰어오시곤 했다.

어머니와 내가 함께 걸을 때면 아이들이 쫓아다니며 놀리거나 내 걸음을 흉내 내곤 하였다. 지금 생각하면 신기하게도 초등학교에 들어갈 즈음에는 이미, 철이 없어서였는지 아니면 그 반대였는지, 적어도 겉으로는 그것을 무시할 수 있었다. 오히려 일부러 보조기 구둣발 소리를 크게 내며 앞만 보고 걷곤 했다.

그러나 어머니는 쉽사리 익숙해지지 못하셨다. 아이들이 따라올 때마다 마치 뒤에서 누가 총이라도 겨누고 있는 듯, 잔뜩 긴장한 채 머리를 꼿꼿이 쳐들고 걸으시다가 어느 순간 홱 돌아서서 날카롭게 "그만두지 못해! 얘가 너한테 밥을 달라던, 옷을 달라

---

* 노심초사: 몹시 마음을 쓰며 애를 태움.

던!" 하고 말씀하시곤 하셨다.

언제나 조신하고 말 없는 어머니였지만, 기동력 없는 딸이 이 세상에 발 붙일 수 있는 자리를 마련하기 위해서는 목숨 바쳐 싸워야 한다고 생각한 억척스러운 전사였다. 눈이 오면 눈 위에 연탄재를 깔고, 비가 오면 한 손으로는 딸을 받쳐 업고 다른 한 손으로는 우산을 든 채 딸의 길과 방패가 되는 어머니의 하루하루는 슬프고 힘겨운 싸움의 연속이었다.

그뿐인가, 걸핏하면 수술을 하고 두세 달씩 있어야 했던 병원 생활, 상급 학교에 갈 때마다 장애를 이유로 입학 시험 보는 것조차 허락하지 않던 학교들……. 나 잘할 수 있다고, 제발 한 자리 끼워 달라고 애원해도 자꾸 벼랑 끝으로 밀어내는 세상에 그래도 악착같이 매달릴 수 있었던 것은 어머니 때문이었다.

어머니는 내 앞에서 한 번도 눈물을 흘리신 적이 없었고, 그것은 이 세상의 슬픔은 눈물로 정복될 수 없다는 말 없는 가르침이었지만, 가슴속으로 흐르던 '엄마의 눈물'은 열 살짜리 딸조차도 놓칠 수 없었다.

'신은 모든 곳에 있을 수 없기에 어머니를 만들었다.' 어디선가 본 책의 제목이다. 오늘도 어디에선가 걷지 못하거나 보지 못하는 자식을 업고 눈물 같은 땀을 흘리며 끝없이 층계를 올라가는 어머니, "나 죽으면 어떡하지." 하며 깊이 한숨짓는 어머니, '정상'이 아닌 자식의 손을 잡고 다른 사람들의 눈총을 따갑게 느끼며 머리를 꼿꼿이 쳐들고 걷는 어머니, 이 용감하고 인내심 많고

씩씩하고 하느님 같은 어머니들의 외로운 투쟁에 사랑과 응원을
보내며 보잘것없는 이 글을 나의 어머니와 그들에게 바친다.

16

막내의 야구 방망이

정진권

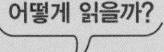

여러분의 가슴을 뛰게 하는 일이 있나요? 그것이 무엇인지, 그리고 왜 그렇게 느껴지는지 생각
하며 글을 읽어 보세요.

어느 날 퇴근을 해 보니 막내의 친구 애들 7, 8명이 마루에 둘러앉아 있었다. 초등학교 5학년의 개구쟁이들. 그러나 개구쟁이답지 않게 조용했다. 그중에는 처음 보는 아이도 있었다.

그날 저녁에 막내는 야구 방망이 하나만 사 달라고 졸랐다. 조르는 대로 다 사 줄 수는 없는 일이지만 너무도 간절히 원하기 때문에 나는 사 주마고 약속을 했다. 그리고 다음 날 퇴근을 할 때 방망이 하나를 사다 주었다.

그다음 날부터 막내는 늦게 돌아왔다. 어떤 때는 하늘에 별이 떠야 방망이에 글러브를 꿰어 메고 새카만 거지 아이가 되어 돌아오는 것이다. 그리고는 한 사흘을 굶은 놈처럼 밥을 퍼 먹는다.

"왜 이렇게 늦었니?"

"야구 연습 좀 하느라고요."

"이 캄캄한 밤에 공이 보이니?"

막내는 말이 없었다.

"또 이렇게 늦으면 혼날 줄 알아."

그러나 그다음 날도 여전히 늦었다. 나는 적이* 걱정스러웠다.

---

* 적이: 꽤 어지간한 정도로

초등학교 5학년짜리들이 야구를 한다면 그건 취미 활동에 불과한 것이다. 그런데 무엇에 쏠려서 별이 떠야 돌아오는 것일까?

"왜 또 이렇게 늦었니?"

막내는 또 말이 없었다.

"말 못 하겠니?"

그러자 막내가 겨우 입을 열었다.

"내일모레가 시합이에요."

"무슨 시합?"

"5학년 각 반 대항 시합인데 우리가 꼭 이겨야 해요."

그때 막내의 얼굴에는 너무도 진지한 빛이 떠올랐기 때문에 더는 무어라고 야단을 칠 수 없었다.

"그럼 시합 끝나면 일찍 오지?"

"예."

그런데 시합 날이라던 그날, 막내네는 우승을 하지 못한 모양이었다. 밥도 먹는 둥 마는 둥 그냥 잠자리에 들어가 이불을 뒤집어쓰는 것이다.

나는 지나치게 승부에 민감한 것이 좋지 않을 듯해서,

"다음에 또 기회가 있지 않니? 갑자기 서두르면 못써."

하고는 이불을 벗겨 주었다.

그러나 막내는 무슨 대단한 한이라도 맺힌 듯 누운 채로 면벽*

---

* 면벽: 벽을 마주 대하고 있음. 또는 그런 일

을 하고 있었다.

그런데 막내는 이튿날도 여전히 늦었다. 나는 아무래도 이 아이가 자기 생활의 질서를 잃은 듯해서,

"왜 이렇게 늦었니? 시합 끝나면 일찍 오겠다고 하지 않았니? 어떻게 된 거야, 이게?"

하고 좀 심하게 나무랐다.

그제야 막내는 자초지종을 털어놓았다. 다음에 적은 것은 그 이야기의 대강이다.

막내의 담임 선생님은 마흔 남짓한 남자분이신데, 무슨 깊은 병환으로 한 두어 달 쉬시게 되었다. 그렇게 되자 학교에서는 막내의 반 아이들을 이 반 저 반으로 나누어 붙였다. 그러니까 막내의 반은 하루아침에 해체되고 아이들은 뿔뿔이 헤어지게 된 것이다.

그런데 배치해 주는 대로 가 보니 그 반 아이들의 괄시*가 말이 아니었다. 괄시를 받을 때마다 옛날의 자기 반이 그리웠다. 선생님을 졸졸 따라 소풍을 가던 일, 운동회에서 다른 반 아이들과 당당하게 겨루던 일, 이런저런 자기 반의 아름다운 역사가 안타깝게 명멸하는** 것이었다. 때로는 편찮으신 선생님이 너무 보고 싶어서 길도 잘 모르는 병원에도 찾아갔다.

그러는 동안에 아이들은, 선생님이 다 나으셔서 오실 때까지 우리 기죽지 말자 하고 서로서로 격려하게 되었고, 이러한 기운

---

* 괄시: 업신여겨 하찮게 대함.
** 명멸하다: 불이 켜졌다 꺼졌다 하다. 또는 나타났다 사라졌다 하다.

이 팽배해지자 이른바 간부였던 아이들은 자기네의 사명을 깨닫게 되었다. 그래서 몇 아이들이 우리 집에 모였던 것이고, 그 기죽지 않을 방법으로 채택된 것이 야구 대회를 주최하여 우승을 차지하는 것이었다.

　연습은 참으로 피나는 것이었다. 배 안에서 꼬르륵거리는 소리가 나도 누구 하나 배고프다는 말을 하지 않았다. 연습이 끝나면 또 작전 계획을 세우고 검토했다. 그러노라면 어느새 하늘에 푸른 별이 떴다.

그리하여 마침내 결승전에 진출했다. 이 반 저 반으로 헤어진 반 아이들은 예선부터 한 사람 빠짐없이 응원에 나섰다. 그 응원의 외침은 차라리 처절한 것이었다. 그러나 열광의 도가니처럼 들끓던 결승에서 그만 패하고 만 것이다.

"아빠, 우린 해야 돼. 다음번에는 우승해야 돼. 선생님이 다 나으실 때까지 우린 누구 하나도 기죽을 수 없어."

막내는 이야기를 마치면서 이렇게 말했다. 나는 아무 말도 하지 못했다. 무슨 망국민의 독립운동사라도 읽는 것처럼 감동 비슷한 것도 가슴에 꽉 차 오는 것 같았다. 학교라는 데는 단순히 국어, 수학만 가르치는 데가 아니구나 하는 생각도 들었다.

이튿날 밤 나는 늦게 들어오는 막내의 방망이를 미더운 마음으로 소중하게 받아 주었다. 그때도 막내와 그 애의 친구 애들의 초롱초롱한 눈 같은, 맑고 푸른 별이 두어 개 하늘에 떠 있었다. 나는 그때처럼 맑고 푸른 별을 일찍이 본 일이 없다.

17

네모난 수박

정호승

어떻게 읽을까?

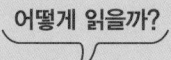

작가의 일상적 경험에서부터 시작한 현대 사회에 대한 인식에 초점을 두며 글을 읽어 보세요.

네모난 수박을 보고 충격을 받았다. 어릴 때 동화적 상상의 세계에서나 존재했던 네모난 수박이 물리적 현실의 세계에 존재하게 된 것은 정말 놀라운 일이 아닐 수 없다. 이는 '수박은 둥글다.'라는 기본 개념을 파괴시켜 버린 일이다. 이제 우리는 식탁에 올려진 네모난 수박을 늘 먹으면서 무슨 생각을 하게 될까. 별로 대수롭지 않게 그저 먹기에 편하고 맛있으면 그만이라고 생각하게 되지는 않을까.

정작 수박이 네모지면 운반하기에 편할 뿐만 아니라 보관하기에도 좋고 썰어 먹기에도 좋다고 한다. 그러나 수박의 입장에서는 여간 화가 나는 일이 아닐 것이다. 네모난 수박은 유전 공학자들에 의해 유전 인자가 변형되어 만들어진 것이 아니라 네모난 인공의 틀 속에서 자라게 함으로써 단순히 외형만 바뀌도록 만들어진 것이다. 그러니까 둥글다는 내면의 본질은 그대로 둔 채 인위적으로 외형만 바꾼 것이다. 따라서 수박은 기형화된 자신의 몸을 이해하고 받아들이기가 여간 힘들지 않을 것이다. 어쩌면 "둥글지 않으면 수박이 아니다. 둥글어야만 수박이다."라고 말하며 분노의 눈물을 흘릴지도 모른다.

네모난 수박을 만든 이들의 말에 의하면, 철제와 아크릴로 네모난 수박의 외형 틀을 만드는 데 무려 5년이라는 시간이 걸렸다고 한다. 수박꽃이 지고 계란 크기만 한 수박이 맺히기 시작하면 특수 아크릴로 만든 네모난 상자를 그 위에 씌우는데, 놀랍게도 수박이 자라면서 네모난 상자를 밀어내는 힘이 자그마치 1톤이나 되었다고 한다. 이렇게 수박의 생장력이 너무나 강해 만드는 족족 외형 틀이 부서져 그 힘을 견딜 수 있도록 만들기가 여간 어렵지 않았다는 것이다. 결국 네모난 수박 재배의 성공 여부가 전적으로 수박의 생장력을 견뎌 낼 만큼 튼튼한 아크릴 상자를 만들 수 있느냐에 달려 있었다는 것이다.

나는 그 말을 들으면서 네모난 틀 속에서 자라게 되는 한 알의 수박씨가 겪게 되는 고통에 대해 생각해 보았다. 비록 햇볕과 공기와 수분을 예전과 똑같이 공급받을 수 있는 상태라 하더라도 어느 순간부터는 그만 네모난 틀의 형태에다 자신의 몸을 맞추어야만 하니 그 고통을 어떻게 견딜 수 있었을까.

처음 몸피*가 작을 때에는 아무런 고통 없이 원래의 본질대로 둥글게 자랄 것이다. 그러다가 차차 몸피가 커지고 일정 크기가 지나면서부터는 그만 네모난 틀의 형태와 똑같이 네모나지는 자신을 발견하고 참으로 참담했을 것이다. 어쩌면 그대로 죽고 싶은 심정이었을지도 모른다.

나는 네모난 수박을 한참 들여다보다가 비록 겉모양은 네모졌

---

* 몸피: 몸통의 굵기

으나 수박으로서의 본질적인 맛과 향은 그대로일 것이라고 생각하면서 오늘을 사는 우리들이야말로 바로 이 네모난 수박과 같은 존재가 아닌가 하는 생각이 들었다. 예전의 우리 삶이 둥근 수박과 같은 자연적 형태의 삶이었다면, 지금은 외형을 중시하는 네모난 수박과 같은 인위적 형태의 삶을 살고 있다고 할 수 있다.

　오늘 우리의 삶의 속도는 무척 빠르다. 변화의 속도가 너무 빨라 도무지 정신을 차릴 수 없다. 오늘의 속도를 미처 느끼기도 전에 내일의 속도에 몸을 실어야 한다. 그렇지만 네모난 수박이 수박으로서의 맛과 향기만은 잃지 않았듯이 우리도 인간으로서의 맛과 향기만은 결코 잃어서는 안 된다.

나는 아직도 냉장고에서 꺼내 먹는 수박보다 어릴 때 어머니가 차가운 우물 속에 담가 두었다가 두레박으로 건져 주셨던 수박이 더 맛있게 느껴진다. 이제 그런 목가적*인 시대는 지나고 말았지만 모깃불을 피우고 평상에 앉아 밤하늘의 총총한 별들을 바라보면서 쟁반 가득 어머니가 썰어 온 둥근 수박을 먹고 싶다. 까맣게 잘 익은 수박씨를 별똥인 양 마당가에 힘껏 뱉으면서. 칼을 갖다 대기만 해도 쩍 갈라지는 둥근 수박의 그 경쾌한 목소리를 들으면서.

• 목가적: 농촌처럼 소박하고 평화로우며 서정적인 것

18

별명을 찾아서

정채봉

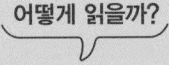

어떻게 읽을까?

① 작가의 별명 속에 담긴 의미와 유래를 따라가며 읽어 보세요.
② 여러분의 별명은 무엇인가요? 내 별명에 대한 글을 쓴다면 어떤 이야기가 될지 생각해 보세요.

누구한테나 별명 한두 개씩은 있을 것이다. 본인에게 있어선 기분 나쁜 것도 있을 테고 긍정되는 것도 있을 것이다. 개중*에는 자신의 특성으로 얻어진 것도 있을 테지만 한순간의 실수로 생겨난 것도 있을 것이다.

그런데 별명은 신기하게도 그 사람의 이미지와 너무도 잘 들어맞아 우리한테 웃음과 추억을 간직하게도 한다. 특히 유년과 같은 어린 시절로 내려갈수록 별명에 얽힌 사연은 재미가 있다.

초등학교 시절에 심한 개구쟁이였던 나는 별명이 한두 개가 아니었다. 그중 하나가 '지각 대장'이다.

입학식 날부터 학교 다니게 되었다고 동네방네 알리고 다니느라 지각을 하였을 뿐 아니라, 툭하면 공부가 시작된 후에 교실 문을 열고 들어서기가 일쑤였다. 급기야는 뺨이 잘 익은 복숭아처럼 붉은 선생님이 쪼글쪼글한 주름살투성이의 우리 할아버지를 불렀다.

"혹시 댁에서 저 녀석의 아침밥을 늦게 먹여 보내는 것은 아닙니까?"

* 개중: 여럿이 있는 그 가운데

우리 할아버지는 천부당만부당하다*는 듯이 손을 내저었다.

"아니지요. 저놈 때문에 오히려 아침 이르게 밥을 먹습니다."

"그런데 왜 이렇게 지각을 자주 할까요?"

그러자 할아버지는 언젠가 내 사촌을 시켜 내 뒤를 밟게 해서 들었던 것을 얘기했다.

"집을 나서서 곧장 학교로 오는 것이 아니라 산지사방**을 돌아다니더라는 것입니다. 장다리꽃이 핀 남의 텃밭에 가서 쫑알거리고, 죽순이 올라오는 대밭에 가서 쫑알거리고, 심지어는 게구멍 앞에서 민들레꽃을 들고 한나절을 있더랍니다."

나는 도저히 더 참고 있을 수가 없었다.

"게가 꽃을 쫓아 그만 달려 나올 것 같았거든요, 할아버지."

선생님이 파란 만년필 꽁무니로 책상을 똑똑똑 두드리면서 말했다.

"저 보십시오. 저렇게 엉뚱한 말을 해서 여간 골치 아픈 게 아닙니다. 오늘 자연 시간에는 느닷없이 올챙이는 어디로 오줌을 누느냐고 묻는 게 아니겠어요?"

"알겠습니다. 당분간 저 녀석을 제 삼촌 손에 맡겨서 보내겠습니다."

"당분간이 아닙니다. 길이 들 때까지 누가 좀 보호해 줘야겠습니다."

· 천부당만부당하다: 어림없이 이치에 맞지 아니하다.
·· 산지사방: 사방으로 흩어짐. 또는 흩어져 있는 각 방향

보호라, 나는 그 뜻을 몰라서 할아버지의 얼굴을 쳐다보았다. 할아버지가 얼른 말했다.

"이 녀석아, 네가 하도 엉망이니 삼촌이 널 데리고 다녀야 한다는 말이여."

"그렇다면 할아버지, 내가 삼촌을 보호해야 하는데요."

"뭐라구?"

"삼촌이 밤마다 어디를 나다니는지 알아요? 방죽*에서 현이네 고모를 만나서……."

이때 할아버지는 큼큼큼 기침을 해서 내 말을 막았다. 그러고는 다음 날부터 할아버지가 직접 내가 꼼짝 못하게 손목을 잡고 학교로 데리고 다녔다. 아아, 나는 그때부터 묶여 다닌다는 것이 얼마나 큰 고통인지를 알았다.

그 시절 나의 또 다른 별명은 '오줌싸개'이다. 그런데 이것이야 말로 심히 억울한 별명이다.

그날 우리 학교에는 장학사가 시찰**을 나온다고 했다. 진작부터 우리 선생님은 우리들에게 주의를 주고 있던 터였다.

청소도 구석구석 잘하라, 복도를 다닐 때도 발부리*** 걸음으로 사뿐사뿐 걸어야 한다, 코도 팔소매로 닦지 말고 반드시 손수건으로 닦아라, 공부 시간에는 모르는 것이 있더라도 묻지 말고 무

• 방죽: 물이 밀려들어 오는 것을 막기 위해 쌓은 둑
•• 시찰: 두루 돌아다니며 사정을 살핌.
••• 발부리: 발끝의 뾰족한 부분

조건 '네, 네.' 대답을 크게 하라 하고.

특히 나에게는 윽박지르며 이렇게 말했다.

"이번에 학교 손님이 왔을 때 말썽을 일으키면 그땐 학교에 못 다니게 할 테니 그리 알앗!"

그래서 나는 그날 누구보다도 발소리가 나지 않게 그야말로 고양이 걸음으로 걸었다. 코도 팔소매로 닦지 않았고.

변소에 가서도 얌전히 줄을 섰는데, 내 차례가 오기 전에 종이 울렸다. 할 수 없이 교실에 들어왔지만 그 시간 내내 오줌이 마려웠다. 나중에 선생님이 시킨 대로 "네, 네." 하고 큰 소리로 대답을 하다 보니 질금질금 오줌이 새기까지 했다.

나는 바지 주머니 속으로 손을 넣어 오줌 자루 끝을 꼭 쥐고 있었다. 맙소사! 그런데 공부 시간이 끝나자 반장이 '차렷'이라는 구령을 하지 않는가.

마침 손님이 있었기 때문에 나는 손을 바로 할 수밖에 없었다. 그러자 오줌이 톡 쏟아지고 만 것이다. 짝꿍 순애가 소리를 질렀다.

"선생님, 애가 오줌 쌌어요."

이 오줌 사건으로 나는 완전히 선생님의 눈 밖으로 밀려나게 되었다. 손님들이 떠난 후 선생님은 울음을 터뜨릴 듯한 얼굴로 '누가 오줌을 누러 가지 말라 했느냐.'고 소리소리 질렀다. 그리고 다음 날부터 선생님은 나를 부를 때 '오줌싸개'라고 하기도 했다.

어렸을 적 나의 별명 중에서 내가 지금까지 좋아하는 것은 '꿈쟁이'이다. 그만큼 나는 꿈을 많이 꾸었던 것 같고, 어떤 때는 꿈과 현실을 구별하지 못하고 떼를 쓰기도 했다. 그렇게 많이 꺾은 꽃이 없어졌다고 꿈을 깨고 나서 운 적도 있고, 꿈속에서 엄청 넓은 콩밭을 만나서 꿈이 아니라고 우긴 적도 많았다.

어쩌다 어렸을 적 친구들을 지금 만나면 친구들은 나한테 말한다. '너한테 많이 속았노라.'고. 내가 그들을 속였다는 것은 꿈을 현실로 바꾸어서 이야기했다는 것이다. 그중 한 친구가 나는 이미 잊어버린 것을 기억해 새삼스럽게 나한테 들려주었다.

"수평선 너머를 가 보았다고 우기는 것이야. 거기에 갔더니 뭐, 흰 구름네 집이 있더라나. 할머니 버선본처럼 그곳에는 여러 가지 구름 본이 있어서 구름을 지어 내는데, 산봉우리 구름 본, 조개구름 구름 본, 많고도 많더라고 했어. 뭐 또 한쪽에서는 하늘을 한 바퀴 돌고 온 구름을 빨래하고 있었는데, 구정물이 헹구어도 헹구어도 나오더라나."

그 친구는 내가 동화 써서 먹고사는 것을 이제야 알 것 같다고 했는데, 나는 사실 부끄럽다. 그 어린 날의 별명보다도 내가 천진하지 못하니 말이다.

아아, 그날로 돌아가서 그 별명 속의 실제가 되고 싶다.

19

꼴찌에게 보내는 갈채

박완서

어떻게 읽을까?

① 작가의 감정의 흐름을 따라가 보세요.
② 평소 관심을 가지지 않던 대상에 대해 관심을 가지게 되거나 생각이 변화된 일이 있는지 떠올려 보세요.

신나는 일 좀 있었으면

가끔 별난 충동을 느낄 때가 있다. 목청껏 소리를 지르고 손뼉을 치고 싶은 충동 같은 것 말이다. 마음속 깊숙이 잠재한 환호에의 갈망 같은 게 이런 충동을 느끼게 하는지도 모르겠다.

그러나 요샌 좀처럼 이런 갈망을 풀 기회가 없다. 환호가 아니라도 좋으니 속이 후련하게 박장대소라도 할 기회나마 거의 없다.
의례적인 미소 아니면 조소* · 냉소** · 고소***가 고작이다. 이러다가 얼굴 모양까지 얄궂게 일그러질 것 같아 겁이 난다.
환호하고픈 갈망을 가장 속 시원히 풀 수 있는 기회는 뭐니뭐니 해도 잘 싸우는 운동 경기를 볼 때가 아닌가 싶다. 특히 국제 경기에서 우리 편이 이기는 걸 텔레비전을 통해서나마 볼 때면 그렇게 신이 날 수가 없다.
그러나 곰곰이 생각해 보니 그런 일로 신이 나서 마음껏 환성

• 조소: 흉을 보듯이 빈정거리거나 업신여기는 일. 또는 그렇게 웃는 웃음
•• 냉소: 쌀쌀한 태도로 비웃음. 또는 그런 웃음
••• 고소: 어이가 없거나 마지못하여 짓는 웃음

을 지를 수 있었던 기억도 아득하다. 아마 박신자 선수가 한창 스타 플레이어였을 적, 여자 농구를 볼 때면 그렇게 신이 났고, 그렇게 즐거웠고, 다 보고 나선 그렇게 속이 후련했던 것 같다.

요즈음은 내가 그 방면에 무관심해져서 모르고 있는지는 모르지만 그때처럼 우리를 흥분시키고 자랑스럽게 해 주는 국제 경기도 없는 것 같다.

지는 것까지는 또 좋은데 지고 나서 구정물 같은 후문*에 귀를 적셔야 하는 고역까지 겪다 보면 운동 경기에 대한 순수한 애정마저 식게 된다.

이렇게 점점 파인 플레이가 귀해지는 건 비단 운동 경기 분야뿐일까. 사람이 살면서 부딪치는 타인과의 각종 경쟁, 심지어는 의견의 차이에서 오는 사소한 언쟁에서까지 그 다툼의 당당함, 깨끗함, 아름다움이 점점 사라져 가는 느낌이다.

그래서 아무리 눈에 불을 밝히고 찾아도 내부에 가둔 환호와 갈채**에의 충동을 발산할 고장을 못 찾는지도 모르겠다.

* 후문: 어떤 일에 관한 뒷말
** 갈채: 외침이나 박수 따위로 찬양이나 환영의 뜻을 나타냄.

뭐 마라톤?

요전에 시내에 나갔다가 집으로 돌아올 때의 일이다. 집을 다 와서 버스가 정류장 못 미쳐 서서 도무지 움직이지를 않았다. 고장인가 했더니 그게 아닌 모양이었다. 앞에도 여러 대의 버스가 밀려 있었고 버스뿐 아니라 모든 차량이 땅에 붙어 버린 듯이 꼼짝을 못하고 있었다.

나는 그날 아침부터 괜히 걷잡을 수 없이 우울해 있었다. 그래서 버스가 정거장도 아닌 데 서 있다는 사실을 참을 수가 없었다.

"언제까지 이러고 있을 거요?"

나는 부끄럽게도 안내양*에게 짜증을 부렸다. 마치 이 보잘것없는 소녀의 심술에 의해서 이 거리의 온갖 차량이 땅에 붙어 버리기라도 했다는 듯이, 그러나 안내양은 탓하지 않고 시들하게 말했다.

"아마 마라톤이 끝날 때까진 못 가려나 봐요."

"뭐 마라톤?"

그러니까 저 앞 고대에서 신설동으로 나오는 삼거리쯤에서 교통이 차단된 모양이고 그 삼거리를 마라톤의 선두 주자가 달려오리라. 마라톤의 선두 주자! 생각만 해도 우울하게 죽어 있던 내 온몸의 세포가 진저리를 치면서 생생하게 살아나는 것 같았다.

• 안내양: 예전에, 기차나 버스에서 발차 신호나 승객 안내 등 차 안의 일을 맡아보던 여자 승무원을 이르던 말

나는 그 선두 주자를 꼭 보고 싶었다. 아니 꼭 봐야만 했다.

나는 차비를 내고 내려 달라고 했다. 안내양이 정류장이 아니기 때문에 안 된다고 했다. 나는 마음이 급한 김에 어느 틈에 안내양에게 시비를 걸고 있었다.

"정류장이 아니기 때문에 못 내려 주겠다구? 그럼 정류장도 아닌데 왜 섰니? 응 왜 섰어?"

"이 아주머니가, 정말⋯⋯."

안내양은 나를 험상궂게 째려보더니 휙 돌아서서 바깥을 내다보며 상대도 안 했다.

그래도 나는 선두로 달려오는 마라토너를 보고 싶다는 갈망을 단념할 수가 없었다. 나는 짐짓 발을 동동 구르며 다시 안내양의 어깨를 쳤다.

"아가씨, 내가 화장실이 급해서 그러니 잠깐만 문을 열어 줘요, 응."

"아주머니도 진작 그러시지, 신경질 먼저 부리면 어떡해요."

안내양은 마음씨 좋은 여자였다. 문을 빠끔히 열고 먼저 자기 고개를 내밀어 이쪽저쪽을 휘휘 살피더니 재빨리 내 등을 길바닥으로 떠다밀어 주었다.

1등 주자를 기다리는 마음

나는 치마를 펄럭이며 삼거리 쪽으로 달렸다. 삼거리엔 인파가 겹겹이 진을 치고 있으리라. 그 인파는 저만치서 그 모습을 드러낸 선두 주자를 향해 폭죽 같은 환호를 터뜨리리라.

아아, 신나라. 오늘 나는 얼마나 재수가 좋은가. 오랫동안 가두었던 환호를 터뜨릴 수 있으니. 군중의 환호, 자기 개인적인 이해관계와 전혀 상관없는 환호, 그 자체의 파열인 군중의 환호에 귀청을 뗼 수 있으니.

잘하면 나는 겹겹의 군중을 뚫고 그 맨 앞으로 나설 수도 있으리라. 그러면 제일 큰 환성을 지르고 제일 큰 박수를 쳐야지, 나는 삼거리 쪽으로 달음질치며 나의 내부에서 거대한 환호가 삼거리까지 갈 동안을 미처 못 참고 웅성웅성 아우성을 치고 있는 것처럼 느꼈다.

그러나 숨을 헐떡이며 당도한 삼거리에 군중은 없었다.

할 일이 없어 여기 이렇게 빈둥거리고 있을 뿐이라는 듯 곧 하품이라도 할 것 같은 남자가 여남은 명 그리고 장난꾸러기 녀석들이 대여섯 명 몰려 있을 뿐이었고 아무 데서고 마라토너가 나타나기 직전의 흥분은 엿뵈지 않았다.

그러나 여전히 호루라기를 입에 문 순경은 차량의 통행을 금하고 있었다. 세 갈래 길에서 밀리고 밀린 채 기다리다 지친 차량들이 짜증스러운 듯이 부릉부릉 이상한 소리를 내며 바퀴를 조금씩

들먹이는 게 곧 삼거리의 중심을 향해 맹렬히 돌진할 것처럼 보이고 그럴 때마다 순경은 날카롭게 호루라기를 불어 댔다. 그때 나는 내가 전혀 예기치 않던 방향에서 쏟아지는 환호 소리를 들었다. 그것은 내 뒤쪽 조그만 라디오방 스피커에서 나는 환호 소리였다.

선두 주자가 드디어 결승점 전방 10미터, 5미터, 4미터, 3미터, 골인! 하는 아나운서의 숨 막히는 소리가 들리고 군중의 우레와 같은 환호성이 들렸다.

비로소 1등을 한 마라토너는 이미 이 삼거리를 지난 지가 오래라는 걸 알 수 있었다. 이 삼거리에서 골인 지점까지는 몇 킬로미터나 되는지 자세히는 몰라도 상당한 거리다. 그런데도 아직까지 통행이 금지된 걸 보면 후속 주자들이 남은 모양이다. 꼴찌에 가까운 주자들이.

그러자 나는 그만 맥이 빠졌다. 나는 영광의 승리자의 얼굴을 보고 싶었던 것이지 비참한 꼴찌의 얼굴을 보고 싶었던 건 아니었다.

또 차들이 부르릉대며 들먹이기 시작했다. 차들도 기다리기가 지루해서 짜증을 내고 있었다. 다시 날카로운 호루라기 소리가 들리고 저만치서 푸른 유니폼을 입은 마라토너가 나타났다.

삼거리를 지켜 보고 있던 여남은* 구경꾼조차 라디오방으로 몰

---

* 여남은: 열이 조금 넘는 수의

려 우승자의 골인 광경, 세운 기록 등에 귀를 기울이느라 아무도 그에게 관심을 갖지 않았다. 나도 무감동하게 푸른 유니폼이 가까이 오는 것을 바라보면서 저 사람은 몇 등쯤일까, 20등? 30등? —저 사람이 세운 기록도 누가 자세히 기록이나 해 줄까? 대강 이런 생각을 했다. 그리고 그 20등, 아니면 30등의 선수가 조금쯤 우습고, 조금쯤 불쌍하다고 생각했다.

푸른 마라토너는 점점 더 나와 가까워졌다. 드디어 나는 그의 표정을 볼 수 있었다.

꼴찌 주자의 위대성

나는 그런 표정을 생전 처음 보는 것처럼 느꼈다. 여직껏 그렇게 정직하게 고통스러운 얼굴을, 그렇게 정직하게 고독한 얼굴을 본 적이 없다. 가슴이 뭉클하더니 심하게 두근거렸다. 그는 20등, 30등을 초월해서 위대해 보였다. 지금 모든 환호와 영광은 우승자에게 있고 그는 환호 없이 달릴 수 있기에 위대해 보였다.

나는 그를 위해 뭔가 하지 않으면 안 된다고 생각했다. 왜냐하면 내가 좀 전에 그의 20등, 30등을 우습고 불쌍하다고 생각했던 것처럼 그도 자기의 20등, 30등을 우습고 불쌍하다고 생각하면서 엣다 모르겠다 하고 그 자리에 주저앉아 버리면 어쩌나, 그래서 내가 그걸 보게 되면 어쩌나 싶어서였다.

어떡하든 그가 그의 20등, 30등을 우습고 불쌍하다고 느끼지 말아야지 느끼기만 하면 그는 당장 주저앉게 돼 있었다. 그는 지금 그가 괴롭고 고독하지만 위대하다는 걸 알아야 했다.

나는 용감하게 인도에서 차도로 뛰어내리며 그를 향해 열렬한 박수를 보내며 환성을 질렀다.

나는 그가 주저앉는 걸 보면 안 되었다. 나는 그가 주저앉는 걸 봄으로써 내가 주저앉고 말 듯한 어떤 미신적인 연대감마저 느끼며 실로 열렬하고도 우렁찬 환영을 했다.

내 고독한 환호에 딴 사람들도 합세를 해 주었다. 푸른 마라토너 뒤에도 또 그 뒤에도 주자는 잇따랐다. 꼴찌 주자까지를 그렇게 열렬하게 성원하고 나니 손바닥이 붉게 부풀어 올라 있었다.

그러나 뜻밖의 장소에서 환호하고픈 오랜 갈망을 마음껏 풀 수 있었던 내 몸은 날듯이 가벼웠다.

그 전까지만 해도 나는 마라톤이란 매력 없는 우직한 스포츠라고밖에 생각 안 했었다. 그러나 앞으론 그것을 좀 더 좋아하게 될 것 같다. 그것은 조금도 속임수가 용납 안 되는 정직한 운동이기 때문에.

또 끝까지 달려서 골인한 꼴찌 주자도 좋아하게 될 것 같다. 그 무서운 고통과 고독을 이긴 의지력 때문에.

나는 아직 그 무서운 고통과 고독의 참뜻을 알고 있지 못하다.

왜 그들이 그들의 체력으로 할 수 있는 하고많은 일들 중에서 그 일을 택했을까 의아스럽기까지 하다.

그러나 그날 내가 20등, 30등에서 꼴찌 주자에게까지 보낸 열심스러운 박수 갈채는 몇 년 전 박신자 선수한테 보낸 환호만큼이나 신나는 것이었고, 더 깊이 감동스러운 것이었고, 더 육친애*적인 것이었고, 전혀 새로운 희열을 동반한 것이었다.

---

* 육친애: 혈족 관계가 있는 사람들 사이의 애정. 또는 그와 같은 정

20

촌스러운 아나운서

이금희

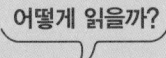

어떻게 읽을까?

'나다움'이란 무엇일까요? 남과 비교하기보다 있는 그대로의 나를 받아들이는 태도에 대해 생각하며 읽어 보세요.

지금도 그렇지만 대학 시절 나는 무척이나 촌스러웠다. 대학을 졸업하고 사회생활을 막 시작할 때가 되어서도 옷차림이나 머리 모양이 대학생들과 별로 다를 게 없었다. 화장도 할 줄 몰랐고, 머리도 손질할 줄 몰랐으며, 옷도 청바지 외에는 별로 없었다.

그러던 내가 취직을 했는데, 그곳은 유행의 최첨단을 걷는 사람들이 모인다는 방송국이었다. 시골 사람 서울 구경이 그랬을까? 신입 사원 연수* 때부터 나는 어리벙벙하기만 했다.

신입 사원들의 연수를 위해 단체 합숙을 하는 첫날. 순진하게도 나는 안내문에 써 있는 대로 세면도구와 속옷 몇 벌만 달랑 챙겨 갔다. 하지만 나와는 달리 동기 아나운서들은 여벌의 옷가지들은 물론, 드라이어와 화장 도구 일체를 챙겨 와서는 갖가지 화장품을 풀어 놓고 아침마다 정성껏 얼굴을 두드리는데, 제대로 된 화장이 그런 것인 줄 그때 처음 알았다.

그 친구들에 대한 열등감은 아마도 그때부터 시작되었다고 봐야 할 것이다. 텔레비전 화면에 모습을 비춰야 하는 직업이라서 아나운서에게는 화장, 머리 모양, 의상 등이 중요하다. 그런데 그

---

* 연수: 기업체나 공공 기관 등이 구성원들에게 업무를 수행할 능력을 증진시키기 위해 실시하는 단기간의 교육

런 쪽에는 도통 관심도 없었고 눈썰미도 없었던 나는 동기들에 비해 뒤처질 수밖에……. 세련된 그들에 비해 촌스러운 나를 누가 눈여겨보기나 할까 하는 열등감과 함께 어쩌면 방송 프로그램에 나갈 기회조차 주어지지 않을지 모른다는 걱정도 들었다.

그래서 어리석게도 뱁새가 황새 따라가는 짓을 하기 시작했다. 동료 아나운서들이 값비싸고 유명한 상표의 옷을 입으면 나는 남대문 시장이나 동대문 시장에 가서 비슷한 옷을 사들였다. 화장품도 이것저것 사서 얼굴에 덕지덕지 발랐다. 눈썹도 더 진하게, 입술 색깔도 더 강렬하게……. 원래 잘하는 화장일수록 은은하고 자연스러운 법인데, 나는 무조건 진하게 그리고 발랐던 것이다. 그러다 보니 어딘가 내 색깔이 없어져 가는 것 같았다. 화면에 나온 내 모습은 내가 봐도 어색하기만 했고, 옷도 남의 옷을 빌려 입은 듯 불편했다.

그러면서 점차 깨닫게 된 것이 바로 '나다움'이었다. 아무리 그들을 의식하고 흉내 낸다 하더라도 나는 결국 나다. 나는 어떻게 해도 그들이 될 수 없다. 그들을 좇아가려고 애쓰다 보면 결국 나다운 것조차 잃어버리게 된다.

그런 사실을 깨닫게 된 것은 당시에 내가 맡았던 프로그램 덕분이었다. 신입 사원 시절, 나는 어린이 동요 대회 프로그램과 고향 소식을 전하는 프로그램을 맡았다. 나중에 알게 된 사실이었지만, 당시 그 프로그램의 담당자들은 나의 그 촌스러움, 즉 소박함을 높이 사서 나를 그 프로그램의 진행자로 추천했다고 한다.

　그런 것이다. 모자란 부분도 시각을 달리해서 보면 장점이 될 수 있다. 촌스러움이 순수함으로 비칠 수 있고, 세련되지 못한 점이 친근감으로 느껴질 수도 있다.

　중요한 것은 자기 자신의 기준과 잣대이다. 내가 나를 제대로 봐 주지 않으면 누구도 나를 제대로 봐 줄 리 없고, 내가 나를 사랑하지 않으면 아무도 나를 사랑하지 않을 테니까 말이다.

21

흙을 밟고 싶다

문정희

어떻게 읽을까?

작가는 흙에 대해 어떤 태도를 보이나요? 편리한 현대 사회에서 우리가 놓치고 있는 것이 무엇
인지 생각하며 읽어 보세요.

동네 꼬마들이 흙장난을 하고 있다. 그것도 흙냄새가 향기로운 아파트 정원에 앉아서. '출입 금지'라는 팻말에도 아랑곳없이 흙 위에 풀썩 주저앉아 노는 모습이, 좋은 놀이터라도 발견한 듯 신이 난 표정이다. 화단에 들어가지 말라고 주의를 주어야 함에도 불구하고, 나는 동심으로 돌아가 모르는 척 그들의 노는 모습을 망연자실* 지켜보고 있다. 아파트 내에서 그나마 흙냄새 나는 곳이 있다는 게 다행이란 생각이 들었기 때문이다.

곱슬머리 남자아이가 운동화를 벗더니 신발 가득 흙을 담기 시작했다. 짐 실은 트럭을 만들려나 보다. 이에 뒤질세라 그중 가장 나이가 어려 보이는 여자아이는 무엇을 하려는지 흙을 산더미처럼 쌓기 시작한다. 흙으로 온갖 놀이를 꾸미는 모습이 어찌나 진지해 보이는지, 군데군데 나무와 화초가 심어진 정원이 그들의 천국인 양 평온하기가 이를 데 없다.

한데 그것도 잠시뿐이었다. 아이를 찾던 곱슬머리 소년의 엄마가 헐레벌떡 달려오더니 다짜고짜 아이를 야단치기 시작했다. 놀이터를 놔두고 왜 하필 더러운 흙을 만지며 노느냐는 것이다. 트

---

* 망연자실: 멍하니 정신을 잃음.

럭을 만들려고 흙을 담아 놓은 운동화를 보자 아이 엄마의 얼굴은 더 일그러졌다. 새 신발에 흙을 묻혀 놓아 짜증스럽다는 표정이다.

"내버려두세요. 흙 놀이도 자연을 알게 하는 산 공부인데."라는 말이 목구멍까지 올라왔지만 차마 입이 떨어지지 않았다. 아이의 옷에 흙 묻히는 걸 싫어하는데 불난 집에 부채질하는 격이 될 것 같아서였다. 흙을 가득 실은 '운동화 트럭'을 운전해 보지도 못한 채 엄마 손에 이끌려 가는 아이의 모습이 안타까웠다. 흙 내음을 맡으며 모처럼 도시의 딱딱함으로부터 해방된 것만 같은 기분을 그 아이들은 느꼈을 터였다.

기성세대*의 고집이 아이들의 감성을 짓누른다 생각하니 왠지 씁쓸한 생각이 들었다. 물론 아파트에 놀이터가 한두 군데 있기는 하지만 모두 모래여서 부드럽고 촉촉한 흙의 감촉에는 비할 바가 못 된다. 온통 시멘트 바닥에다 빼곡하게 붙어 있는 빌딩 숲에서 어찌 생명의 경이로움을 가슴으로 느낄 수 있으랴. 신기한 장난감도 오래 가지고 놀면 흥미를 잃기 마련인데, 온갖 놀이 기구가 풍성해도 풀 한 포기 자라지 않는 아파트 놀이터에 싫증을 느꼈는지도 모른다.

나도 어렸을 적 흙 놀이를 즐겼었다. 학교 이동이 잦았던 아버지께서 외지**로 발령이 나자, 어머니는 나를 사랑채에 사시는 증

---

* 기성세대: 현재 사회를 이끌어 가는 나이가 든 세대
** 외지: 자기가 사는 곳 밖의 다른 고장

조할머니와 기거*토록 하였다. 비행기나 차를 타는 일에 정도 이상으로 공포증을 갖고 있었던 나는 아버지 부임지로 함께 떠난다는 것은 생각할 수도 없었다. 지나가는 오토바이만 보아도 무슨 괴물을 보듯 무서워서 도망치곤 했을 만큼, 문명의 이기**에 적응을 못 했기에 증조할머니와 지내는 것을 편하게 생각했는지도 모른다. 교육열이 대단하셨던 증조할머니도 어머니 못지않게 자상한 성품이어서 부모님께서도 안심이 되셨던 것 같다.

신기한 놀이 시설도, 특별한 장난감도 없었지만 나는 증조할머니와 지내는 게 신이 났다. 촉촉한 흙냄새가 나는 마당에 앉아 손으로 흙을 주무르며 놀아도 야단치는 일이 없었기 때문이다. 그래서 흙이 질펀한 마당은 언제나 내 놀이터였다. 길에서 민들레를 뽑아다 흙을 일구어 심기도 하고, 신발에 흙을 담아 할머니 채마밭*** 고랑에 뿌리기도 하였다. 주위가 어둑해질 때까지 흙장난에 지칠 줄 모르는 나를 보고도 증조할머니는 웬일인지 화를 내지 않으셨다. 흙강아지가 되도록 실컷 놀라고 하실 뿐이었다.

생명을 키워 내는 흙의 신비로움과 풍요를 온몸으로 느끼게 해 주고 싶어서일까. 흙을 만지다 나뭇가지에 찔려 피가 흘러도 증조할머니는 그다지 놀라지 않으셨다. "할머니 손은 약손."이라며

· 기거: 일정한 곳에서 먹고 자고 하는 일상적인 생활을 함.
·· 문명의 이기: 현대 기술 문명에 의해 만들어진 편리한 생활 수단이나 기구
··· 채마밭: 채마를 심어 가꾸는 밭. '채마'는 먹을거리나 입을 거리로 심어서 가꾸는 식물을 말한다.

흙 한 줌 손으로 집어 상처 난 부위에 훌훌 뿌리는 것으로 치료를 대신하곤 했다. 사람은 흙으로 빚어졌으니 상처도 흙을 바르면 낫는다는 것이었다. 증조할머니의 흙 치료가 비위생적으로 보여 앙탈을 부리곤 했지만 증조할머니는 흙의 영험*을 확신하고 계시는 것 같아 거부할 수도 없었다. 집안의 평안을 기원하는 제의 일종인 토신제를 지낼 때도 증조할머니는 흙 한 줌을 그릇에 담아 뒤뜰에 뿌리곤 했었다.

아무런 조건도 없이 오랜 세월을 베풀어 주기만 한 땅, 조상이 물려 준 토지에 집을 짓고 편안히 사는 게 모두 땅의 은덕이라 생각하신 듯싶었다. 발을 딛고 다니는 땅이야말로 살 속에 깃든 영혼이고 모든 생명의 고향이라 생각한 것이다. 하지만 요즈음 땅을 밟고 산다는 게 하나의 사치처럼 되어 가는 느낌이다.

하늘과 가까운 고층 아파트에 살다 보니 흙을 가까이할 기회가 적어진 것이다. 하늘의 공간에서 땅으로 내려와 살기도 쉬운 일만은 아닌 것이다. 손바닥만 한 마당이라도 있는 주택으로 주거지를 옮기겠다고 입버릇처럼 말하면서도 결국 아파트의 편리함에 젖어 다시 주저앉게 되고 만다. 그래서인지 근래 들어선 마음까지도 시멘트 벽을 닮아 가고 있는 것 같다. 5년 동안 한 아파트 통로에 사는 아주머니와는 엘리베이터에서 만나도 가벼운 눈인사를 하는 것 정도가 고작이고 서로 왕래해 본 일이 없다. 가까운

---

* 영험: 사람의 기원대로 되는 신기한 징조를 경험함.

이웃이 없다면 훈훈한 정도 느끼지 못할 텐데 철저하게 혼자 사는 생활에 익숙해져 가고 있다.

지구의 절반 이상이 흐르는 물로 덮여 있음에도 수구라 하지 않고 지구라 칭한 것도 흙이 생명의 모태이기 때문이 아닐까. 땅과 멀어질수록 병원을 가까이한다는 말이 있듯이 무디어진 심성을 깨우치는 건 자연과 가까이하는 일이지 않나 싶다.

22

도마뱀의 사랑

이범선

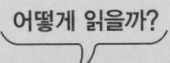

어떻게 읽을까?

진정한 사랑이란 무엇일까요? 오랜 세월 한결같이 누군가를 위하는 마음에 대해 생각하며 읽어
보세요.

일본에서 실제로 있었던 이야기라고 한다.

어떤 사람이 집의 벽을 수리하기 위해서 뜯었다. 일본 집의 벽이라는 것은 그들의 말로 소위 '오가베'라 하여 가운데에 나무로 얼기설기 대고 그리고 그 양쪽에서 흙을 발라 만드는 것으로서 속이 비어 있게 마련이다.

그런데 그 벽을 뜯다 보니까 벽 속에 한 마리의 도마뱀이 갇혀 있더라는 것이다. 그 도마뱀은 그저 보통 갇힌 것이 아니라 어쩌다가 벽 밖에서 안으로 박은 긴 못에 꼬리가 물려 꼼짝도 못하게 갇혀 있더라는 것이다. 집주인은 그 도마뱀이 가엾기도 하려니와 약간 호기심이 생겨 그 못을 조사해 봤다. 집주인은 놀랐다. 그 도마뱀의 꼬리를 찍어 물고 있는 못이 바로 10년 전 그 집을 지을 때 벽을 만들며 박은 못이었던 것이다. 그렇다면 어떻게 되는 것일까? 그 도마뱀은 벽 속에 갇힌 채 꼼짝도 못하고 10년을 살아온 셈이 된다. 캄캄한 벽 속에서 10년간! 그건 정말 놀라운 일이 아닐 수 없다.

캄캄한 벽 속에서 10년간이란 긴 세월을 살았다는 것도 놀랍다. 그런데 그렇게 꼬리가 못에 박혔으니 한 걸음도 움직일 수 없는 그 도마뱀이 도대체 10년간이나 그 벽 속에서 무엇을 먹고 산

것일까? 굵고? 그럴 수는 없다.

집주인은 벽 수리 공사를 일단 중지했다.

"이놈이 도대체 어떻게 무엇을 잡아먹는가?"
하고.

그런데 어떤가. 얼마 있더니 어디서 딴 도마뱀 한 마리가 먹이를 물고 살금살금 기어오는 것이 아닌가.

집주인은 정말로 놀랐다.

사랑! 그 지극한 사랑! 그 끈질긴 사랑! 그 눈물겨운 사랑! 그러니까 벽 속에 꼬리가 못에 찍혀 갇혀 버린 도마뱀을 위하여 또 한 마리의 도마뱀은 10년이란 긴 세월을 비가 오나 눈이 오나 한결같이 먹이를 물어 나른 것이다.

그 먹이를 물어다 준 도마뱀이 어미인지, 아비인지, 그렇지 않으면 부부간 혹은 형제간인지, 그것은 알 길이 없다. 그러나 그것을 반드시 알아야 할 필요는 없다.

나는 그 말을 듣고 그 숭고한 사랑의 힘에 뭉클했다.

23

어린 날의 초상

문혜영

어떻게 읽을까?

① 작가의 어린 시절 기억에 공감하며 읽어 보세요.
② 어린 시절 추억에 대해 슬픈 감정을 느끼면서도 그리워하는 이유는 무엇일지 생각해 보세요.

우리 가족은 이북에서 살다가 1·4후퇴 때 월남하였습니다. 피난 오면서 아버지를 잃고 또 오빠마저 세상을 떠나게 되니, 남은 사람은 어머니와 올망졸망한 우리 네 자매뿐이었습니다.

사선*을 넘으면서 목숨 하나 부지하기도 어려웠던 우리는 아무것도 가진 것 없는 빈주먹으로 어느 도시에 정착하여 살게 되었습니다. 어머니가 그곳의 여자 상업 고등학교에서 교편을 잡게 되셨기 때문입니다.

방 한 칸 마련할 수조차 없었던 우리의 처지를 생각했음인지 학교에서는 관사**에서 살도록 해 주었습니다. 그러나 사실 말이 관사지 방이 둘, 부엌이 둘 있는 작은 일본식 집이었습니다. 그나마 방 하나는 숙직실로 사용했기 때문에 우리는 방 하나만을 차지하고 살았습니다.

나는 지금도 그 집이 눈에 선합니다. 방과 후면 어머니가 가르치시는 학생들이 우리 집에 들끓었습니다. 짙은 감색 교복에 하얀 깃을 단 언니들이 떼 지어 오면 나는 혼잣속***으로 예쁜 순서

---

* 사선: 죽을 고비
** 관사: 관청에서 관리에게 빌려주어 살도록 지은 집
*** 혼잣속: 저 혼자서 하는 속생각. 또는 저 혼자의 속마음

144

를 꼽아 보곤 했습니다.

　전쟁 뒤였기에 모두가 어렵고 가난했던 시절이었습니다. 수난을 함께 겪었던 그 당시 사람들의 마음은 지금보다 훨씬 순수하고 고왔던 것 같습니다. 그때 우리 집에 들락거리던 어머니의 제자들은, 외롭고 고달팠던 시절의 은사님이셨던 어머니를 못 잊어하며, 30여 년이 흐른 지금까지 스승의 날이나 어머니의 생신이면 찾아오곤 합니다.

　나는 그 집에서 초등학교에 입학을 했습니다. 그리고 막내인 내 동생은 내가 3학년이 되던 해, 만 다섯 살도 안 된 나이로 내가 다니는 학교에 입학을 했습니다. 유복녀*로 태어난 동생이 내가 학교에 가고 없으면 심심하고 외로워서 어머니께서 수업 중인 교실마다 찾아다니며 어머니를 난처하게 했기 때문입니다. 동생은 어머니의 목소리가 흘러나오는 교실을 찾아내어 문을 빠끔히 열고는 "엄마, 나 심심해!", "엄마, 나 배고파!" 했습니다. 학생들은 동생이 귀여워 까르르 웃어 댔지만, 어머니는 마음이 아프셨던 것입니다.

　언젠가는 우리 앞집에 사는 마리아네 엄마가 아기를 낳자 마리아가 그것을 자랑했습니다.

　"우리 아기 참 예쁘다. 너넨 아기 없지?"

　아기가 무슨 인형쯤 되는 줄 알았던지 동생은 교실 문을 열어

---

* 유복녀: 태어나기 전에 아버지를 여읜 딸

젖히고

"나도 아기 하나 낳아 줘!"

하고 울어 버린 일도 있었습니다.

동생이 입학한 후, 첫 번째 맞이한 봄 소풍 때의 일입니다. 어머니는 동생의 몫과 내 몫의 김밥, 사탕, 과자, 과일 등을 한 보자기에 싸 주셨습니다. 보자기가 하나뿐인데다가 동생이 너무 어리기 때문에 점심시간에 나보고 챙겨 먹이라면서 그렇게 싸 주신 것입니다. 나는 동생의 손을 잡고 학교를 향해 팔랑팔랑 걸었습니다. 날아갈 듯이 즐거운 마음이었습니다.

그런데 학교에 도착해 보니 1학년과 3학년이 각각 다른 곳으로 소풍을 간다는 것입니다. 3학년은 1학년보다 조금 더 먼 곳으로 간다고 했습니다. 예측하지 못했던 일이었습니다. 난감했습니다. 도시락을 둘로 가를 수도 없을 뿐더러, 어린 동생을 혼자 보내는 것도 마음이 놓이지 않았습니다. 어찌할 바를 모르고 발만 동동 구르다가 나는 결정을 했습니다. 저 어린 동생을 위해 오늘 하루 학부형이 되어야겠다고 말입니다. 담임 선생님께 말씀드렸더니 흔쾌히 승낙하셨습니다.

나는 먼저 출발하는 우리 반 소풍 대열을 한참이나 바라보았습니다. 눈물이 나오려는 것을 꾹 참고 동생네 소풍 대열을 따라 걷기 시작했습니다. 신입생들이라서 그런지 학부형들이 꽤나 많이 따라왔습니다. 1학년 아이들과 비교해도 별로 크지 않은 조그만 내가 어머니들 사이에서 걷고 있으려니까 어머니들은 무척 궁금

한 모양이었습니다.

"몇 학년이니? 너는 왜 소풍을 안 가고 여기 왔니?"

그렇게 물어볼 때마다 도시락 보따리가 왜 그리 부끄럽던지, 감출 수만 있다면 어디에든 감추어 버리고 싶었습니다. 그런 마음 때문이었는지 도시락 보따리가 자꾸만 무겁게 느껴졌습니다.

목적지에 도착한 후, 동생을 솔밭 그늘로 데려와 점심을 먹었습니다. 동생은 언니인 내가 저를 따라온 것에 대해선 아무 생각도 없는지 재잘거리며 맛있게 먹었습니다. 점심을 먹은 뒤, 선생님의 호루라기 소리에 따라 동생은 다시 제 동무들 곁으로 갔습니다. 혼자 앉아 도시락 보따리를 챙겨 싸는 내 눈에는 뿌연 안개가 서려 왔습니다. 참았던 눈물 한 방울이 볼을 타고 흘렀습니다.

'아, 이러면 안 돼. 난 오늘 학부형인데 눈물 따위를 보이다니!'

나는 누가 볼세라 손으로 얼른 눈물을 닦아 냈습니다.

아름드리 소나무에 기대어 서서 동생네 반 아이들이 뛰노는 것을 보고 있었습니다. 수건돌리기, 술래잡기, 보물찾기……. 즐겁게 웃는 동생의 모습이 아지랑이처럼 아롱거렸습니다. 솔밭 위 하늘엔 눈부시게 하얀 학들이 너울거리며 날아다녔습니다. 내 마음을 아는지 모르는지…….

참으로 길고 긴 하루였습니다. 아홉 살의 소녀가 감당하기엔 너무나 힘들었던 봄 소풍, 그런데 왜 가끔씩 그때가 그리워지는지 나도 모를 일입니다.

24

어머니는 왜 숲속의 이슬을 떨었을까

이순원

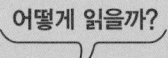

어떻게 읽을까?

① 작가의 감정의 변화 과정을 따라가며 읽어 보세요.
② 부모님의 헌신적인 사랑을 느꼈던 경험을 생각해 보세요.

아들아.

이제야 너에게 하는 얘기지만, 어릴 때 나는 학교 다니기 참 싫었단다. 그러니까 꼭 너만 했을 때부터 그랬던 것 같구나. 사람들은 아빠가 지금은 소설을 쓰는 사람이니까 저 사람은 어릴 때 참 착실하게 공부를 했겠구나, 생각할지 모르지만 전혀 그렇지 않았단다.

초등학교 때부터 아빠는 가끔씩 학교를 빼먹었단다. 집에서 학교까지 5리쯤 산길을 걸어가야 하는데, 학교를 가다 말고 그냥 산에서 하루를 보내고 집으로 온 날도 있었단다.

그러다 중학교에 다니면서부터는 정말 학교 다니기 싫었단다. 학교엔 전화가 있어도 집에는 전화가 없던 시절이니까 내가 학교를 빼먹어도 집안 식구들은 아무도 그걸 몰랐단다. 학교로 가는 길 중간에 산에 올라가 아무 산소가에나 가방을 놓고 앉아 멀리 대관령을 바라보다가 점심때가 되면 그곳에서 혼자 청승맞게 도시락을 까먹기도 했단다. 어떤 날은 혼자서 그러고, 또 어떤 날은 같은 마을의 친구를 꾀어서 같이 그러기도 하고.

그러다 점점 대담해져서 아예 집에서부터 학교를 가지 않는 날도 있었단다. 배가 아프다, 머리가 아프다, 비가 와서, 눈이 와서, 오늘은 무서운 선생님 시간에 준비물을 제대로 갖추지 못해서,

하는 식으로 갖은 핑계를 댔단다.

왜 그랬을까?

생각해 보니 우선 학교가 너무 멀었단다. 아빠가 태어난 대관령 아랫마을에서 강릉 시내 중학교까지는 아침저녁으로 20리 길을 걸어 다녀야 했단다. 큰 산 아래의 오지 마을이라 아직 전기도 들어오지 않고 버스도 다니지 않던 시절의 일이란다. 그러나 그거야말로 핑계고, 무엇보다 학교에 가도 재미가 없었단다. 지금 내가 아들인 너에게 그 얘기를 하고 있는 거란다.

5월 어느 날이었다. 그날도 나는 학교에 가기 싫다고 말했다. 왜 안 가냐고 물어 공부도 재미가 없고, 학교 가는 것도 재미가 없다고 말했다. 어린 아들이 그러니 어머니로서도 한숨이 나왔을 것이다.

"그래도 얼른 교복으로 갈아입어라."

"학교 안 간다니까."

그 시절 나는 어머니에게 존댓말을 쓰지 않았다. 어머니를 만만히 보아서가 아니라 우리 동네 아이들 모두 그랬다. 아버지에게는 존댓말을 어머니에게는 다들 반말로 말했다.

"안 가면?"

"그냥 이렇게 자라다가 이다음 농사지을 거라구."

"에미가 신작로˚까지 데려다줄 테니까 얼른 교복 갈아입어."

˚ 신작로: 새로 만든 길이라는 뜻으로, 자동차가 다닐 수 있을 정도로 넓게 새로 낸 길을 이르는 말

몇 번 옥신각신하다가 나는 마지못해 교복으로 갈아입었다. 그러지 않을 수 없는 것이 어머니가 먼저 마당에 나와 내가 나오길 기다리고 섰기 때문이었다. 나는 잠시 전 어머니가 싸 준 도시락까지 넣어 책가방을 챙겼다. 가방을 들고 밖으로 나오자 어머니가 지겟작대기*를 들고 서 있었다. 나는 어머니가 그걸로 말 안 듣는 나를 때리려고 그러는 줄 알았다. 이제까지 어머니는 한 번도 나를 때린 적이 없었다. 그런 어머니의 모습이 조금은 낯설기도 하고 무섭기도 해 나는 신발을 신고도 마루에서 한참 동안 멈칫거리다가 마당으로 내려섰다.

"얼른 가자."

어머니가 재촉했다.

"그런데 그 작대기는 왜 들고 있는데?"

"에미가 이걸로 널 때리기라도 할까 봐 겁이 나냐?"

"겁나긴? 때리면 도망가면 되지."

"그래. 너는 에미가 무섭지도 않지? 그래서 이 에미 앞에 학교 가지 않겠다는 소리도 아무렇지 않게 하고."

"학교가 머니까 그렇지. 가도 재미없고."

"공부, 재미로 하는 사람 없다. 그래도 해야 할 때에 해야 하니 다들 하는 거지."

"지겟작대기는 왜 들고 있는데?"

• 지겟작대기: 짐을 얹어 사람이 등에 지는 운반 기구인 지게를 버티어 세우는 작대기

"너 데려다주는 데 필요해서 그러니 걱정 말고, 가방 이리 줘라."

하루 일곱 시간씩 공부하던 시절이었다. 도시락까지 넣어 가방 무게가 만만치 않았다. 나는 어머니에게 가방을 내밀었다. 어머니는 한 손엔 내 가방을 들고 또 한 손엔 지겟작대기를 들고 나보다 앞서 마당을 나섰다. 나는 말없이 어머니의 뒤를 따랐다.

그러다 신작로로 가는 산길에 이르러 어머니가 다시 내게 가방을 내주었다.

"자, 여기서부터는 네가 가방을 들어라."

나는 어머니가, 내가 학교에 가기 싫어하니 중간에 학교로 가지 않고 다른 길로 샐까 봐 신작로까지 데려다주는 것이라고 생각했다. 나는 어머니가 내주는 가방을 도로 받았다.

"너는 뒤따라오너라."

거기에서부터는 이슬받이*였다. 사람 하나 겨우 다닐 좁은 산길 양옆으로 풀잎이 우거져 길 한가운데로 늘어져 있었다. 아침이면 풀잎마다 이슬방울이 조롱조롱 매달려 있었다.

어머니는 내게 가방을 넘겨준 다음 두 발과 지겟작대기를 이용해 내가 가야 할 산길의 이슬을 떨어내기 시작했다. 어머니의 몸뻬 자락이 이내 아침 이슬에 흥건히 젖었다. 어머니는 발로 이슬을 떨고, 지겟작대기로 이슬을 떨었다.

---

* 이슬받이: 양쪽에 이슬 맺힌 풀이 우거진 좁은 길

그런다고 뒤따라가는 내 교복 바지가 안 젖는 것도 아니었다. 신작로까지 15분이면 넘을 산길을 30분도 더 걸려 넘었다. 어머니의 옷도, 그 뒤를 따라간 내 옷도 흠뻑 젖었다. 어머니는 고무신을 신고 나는 검정색 운동화를 신었다. 걸음을 옮길 때마다 물에 빠졌다가 나온 것처럼 땟국이 찔꺽찔꺽 발목으로 올라왔다. 그렇게 어머니와 아들이 무릎에서 발끝까지 옷을 흠뻑 적신 다음에야 신작로에 닿았다.

"자, 이제 이걸 신어라."

거기서 어머니는 품속에 넣어 온 새 양말과 새 신발을 내게 갈아 신겼다. 학교 가기 싫어하는 아들을 위해 아주 마음먹고 준비해 온 것 같았다.

"앞으로는 매일 떨어 주마. 그러니 이 길로 곧장 학교로 가. 중간에 다른 데로 새지 말고."

그 자리에서 울지는 않았지만 왠지 눈물이 날 것 같았다.

"아니, 내일부터 나오지 마. 나 혼자 갈 테니까."

다음 날도 그다음 날도 어머니가 매일 이슬을 떨어 준 것은 아니었다. 그러나 어떤 날 가끔 어머니는 그렇게 내 등굣길의 이슬을 떨어 주었다. 또 새벽처럼 일어나 그 길의 이슬을 떨어 놓고 올 때도 있었다. 물론 어머니가 아무리 먼저 그 길의 이슬을 떨어 내도 집에서 신작로까지 산길을 가다 보면 내 옷과 신발도 어머니의 것처럼 젖는다는 걸 알고 있었다. 알면서도 어머니는 그 산길의 이슬을 떨어 준 것이다.

그때부터 나는 학교를 결석하지 않았다.

어른이 된 지금도 나는 그렇게 생각한다. 그때 어머니가 이슬을 떨어 주신 길을 걸어 지금 내가 여기까지 왔다고. 돌아보면 꼭 그때가 아니더라도 어머니는 내가 지나온 길 고비고비마다 이슬떨이를 해 주셨다.

아들은 어른이 된 뒤에야 그때 어머니가 떨어 주시던 이슬떨이의 의미를 깨닫게 되었다. 아마 그렇게 떨어내 주신 이슬만 모아도 내가 온 길 뒤에 작은 강 하나를 이루지 않을까 싶다.

아들아.

나는 그 강을 이제 '이슬강'이라고 이름 지으려 한다. 그러나 그 강은 이 세상에 없다. 오직 내 마음 안에만 있는 강이란다. 그때 아빠 등굣길의 이슬을 떨어 주시던 할머니의 연세가 올해 일흔넷이다. 어쩌면 할머니는 그때 그 일을 잊고 계실지도 모른다. 그러나 아빠한테는 그 길이 이제까지 아빠가 걸어온 길 가운데 가장 아름답고도 안타까우며 마음 아픈 길이 되었단다. 이다음 어른이 되었을 때, 아빠처럼 너에게도 그런 아름다운 길 하나 있었으면 좋겠다. 어린 날 나는 그 길을 걸어 나오며 내 앞에 펼쳐진 이 세상의 모든 길들을 바라보았단다.

아들아. 길은 그 자체로 인생이란다. 그리고 그것을 걷는 것이 곧 우리의 삶이란다.

25

고래들의 따뜻한 동료애

최재천

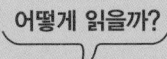

어떻게 읽을까?

장애에 대한 우리 사회의 인식과 고래들의 행동을 비교하며 글을 읽어 보세요.

몇 년 전 일이다. 어디론가 가기 위해 바삐 걷던 중 저만치 앞에서 휠체어를 탄 한 장애인이 차도로 내려서는 걸 보았다. 위험할 터인데 왜 저러나 싶어 살펴보니 그의 앞에 큼직한 자동차가 인도를 꽉 메운 채 버티고 있는 게 아닌가. 어쩔 수 없는 상황에서 차도로라도 돌아가려는 그에게 차들은 한 치의 양보도 하지 않았고 심지어는 요란하게 경적을 울리는 이들도 있었다.

나는 황급히 그에게 다가가 그의 휠체어 손잡이를 잡으며 도와드리겠다고 했다. 그러나 나의 도움은 아무런 효과가 없었다. 차들은 여전히 매정하게 우리 앞을 가로지르고 있었고 세워 달라고 내가 손을 흔들 때면 더 빠른 속도로 달려오곤 했다. 그러자 그는 나에게 휠체어는 혼자서도 운전할 수 있으니 미안하지만 차도로 내려가 오는 차들을 잠시 멈춰 줄 수 있겠느냐고 부탁했다. 그러면서 자기처럼 장애인은 되지 않도록 조심하라는 당부를 잊지 않았다. 나는 곧바로 차도에 뛰어들어 달려오는 차들을 막아 세웠고, 그는 차도로 우회한 후 다시 인도로 올라서 가던 길을 계속 갈 수 있었다.

그는 비교적 말이 적은 사람이었다. 아니면 방금 벌어진 일을 되새기며 쓸쓸해하고 있었는지도 모르겠다. 어쨌든 나는 엉거주

춤 그의 곁에서 그와 보조를 맞추며 그렇게 한참을 걸었다. 어색해하는 나에게 그는 먼저 서둘러 가라고 권했다. 나는 결국 그와 몇 번의 인사를 나누고 먼저 앞서 걷기 시작했다. 그러나 자꾸 몇 걸음 걷다가 뒤를 돌아보지 않을 수 없었다. 그런 나를 향해 그는 가끔 조용히 손을 흔들어 주었다.

당시 나는 외국에서의 긴 연구 생활을 마치고 귀국한 지 얼마되지 않았을 때였고 외국에 비해 장애인들이 별로 눈에 띄지 않아 의아하게 생각하던 참이었다. 하지만 우리나라가 외국보다 장애인이 적어서가 아니라 그들이 길에 나서기 너무도 불편하게 되어 있기 때문이라는 걸 나는 그날 비로소 깨닫게 되었다. 미국에는 건물마다 장애인들이 이용하기 쉽도록 장애인 전용 통로까지 만들어 놓았다. 얼마 전에는 우리나라 출신의 장애인 학생을 위해 하버드 행정 대학원이 건물 구조를 바꿨다는 기사가 신문에 실리기도 했다.

해마다 우리는 장애인의 날이면 행사를 하며 법석을 떤다. 정작 그들에게 따뜻한 눈길 한 번 주지 않으면서, 길 한 번 제대로 비켜 주지 않으면서 말이다. 그날만 장애인을 걱정하는 것처럼 가장하고 그동안 그러지 못했던 것을 속죄하는 척하기만 하면 되는 것처럼 하루를 보낸다. 이제 우리는 일상생활에서 장애인과 함께 사는 법을 배워야 한다. 그래서 하루빨리 장애인의 날 같은 건 사라지게 말이다.

자연계는 언뜻 보면 늙고 병약한 개체들은 어쩔 수 없이 늘 포

식자의 밥이 되고 마는 비정한 세계처럼만 보인다. 하지만 인간
에 버금가는 지능을 지닌 고래들의 사회는 다르다. 거동이 불편
한 동료를 결코 나 몰라라 하지 않는다. 다친 동료를 여러 고래들
이 둘러싸고 거의 들어 나르듯 하는 모습이 고래 학자들의 눈에
여러 번 관찰되었다. 그물에 걸린 동료를 구출하기 위해 그물을
물어뜯는가 하면 다친 동료와 고래잡이배 사이에 과감히 뛰어들
어 사냥을 방해하기도 한다.

　고래는 비록 물속에 살지만 엄연히 허파로 숨을 쉬는 젖먹이
동물이다. 그래서 부상을 당해 움직이지 못하면 무엇보다도 물
위로 올라와 숨을 쉴 수 없게 되므로 쉽사리 목숨을 잃는다. 그런
친구를 혼자 등에 업고 그가 충분히 기력을 되찾을 때까지 떠받
치고 있는 고래의 모습을 보면 저절로 머리가 숙여진다. 고래들
은 또 많은 경우 직접적으로 육체적인 도움을 주지 않더라도 무

언가로 괴로워하는 친구 곁에 그냥 오랫동안 있기도 한다.

　우리 사회의 장애인들에게도 휠체어를 직접 밀어 줄 사람들보
다 그들이 스스로 밀고 갈 수 있도록 길을 비켜 주고 따뜻하게 함
께 있어 줄 사람들이 필요한 것인지도 모른다. 그들이 당당하게
삶을 꾸릴 수 있도록 여건을 마련해 준 후 그저 다른 이들을 대하
듯 똑같이만 대해 주면 될 것이다.

앞으로 좀 더 자세한 연구가 진행되어야 밝혀질 일이겠지만 남을 돕는 고래가 모두 다친 고래의 가족이거나 가까운 친척만은 아닐지도 모른다. 우리 인간이 그렇듯이 장애인 동생을 보살피는 것과 전혀 연고도 없는 장애인을 돕는 것은 근본적으로 다르다. 부상당한 고래를 등에 업고 있는 고래가 가족이나 친척으로 밝혀질 가능성은 충분히 있지만 다친 고래를 가운데 두고 보호하는 그 모든 고래들이 다 가족일 가능성은 적은 것 같다. 고래들의 사회에 우리처럼 장애인의 날이 있어 "장애 고래를 도웁시다."라는 구호를 외치며 배웠을 리 없건만 결과만 놓고 보면 고래들이 우리보다 훨씬 낫다.

26

달밤

윤오영

어떻게 읽을까?

작품 속에 묘사된 장면들을 머릿속으로 그리면서 시를 읽듯이 천천히 읽어 보세요.

내가 잠시 낙향해서* 있었을 때 일.

어느 날 밤이었다. 달이 몹시 밝았다. 서울서 이사 온 윗마을 김 군을 찾아갔다. 대문은 깊이 잠겨 있고 주위는 고요했다. 나는 밖에서 혼자 머뭇거리다가 대문을 흔들지 않고 그대로 돌아섰다.

맞은편 집 사랑 툇마루에 웬 노인이 한 분 책상다리를 하고 앉아서 달을 보고 있었다. 나는 걸음을 그리로 옮겼다. 그는 내가 가까이 가도 별 관심을 보이지 아니했다.

"좀 쉬어 가겠습니다."

하며 걸터앉았다. 그는 이웃 사람이 아닌 것을 알자

"아랫마을서 오셨소?"

하고 물었다.

"네. 달이 하도 밝기에…….."

"음, 참 밝소."

허연 수염을 쓰다듬었다. 두 사람은 각각 말이 없었다. 푸른 하늘은 먼 마을에 덮여 있고, 뜰은 달빛에 젖어 있었다.

노인이 방으로 들어가더니 안으로 통한 문소리가 나고 얼마 후

---

* 낙향하다: 시골로 거처를 옮기거나 이사하다.

에 다시 문소리가 들리더니, 노인은 방에서 상을 들고 나왔다. 소반에는 무청김치 한 그릇, 막걸리 두 사발이 놓여 있었다.

"마침 잘 됐소, 농주˚ 두 사발이 남았더니⋯⋯."

하고 권하며, 스스로 한 사발을 쭉 들이켰다. 나는 그런 큰 사발의 술을 먹어 본 적은 일찍이 없었지만, 그 노인이 마시는 바람에 따라 마셔 버렸다.

이윽고

"살펴 가우."

˚ 농주: 농사일을 할 때 일꾼들을 대접하기 위해 농가에서 빚은 술

하는 노인의 인사를 들으며 내려왔다. 얼마쯤 내려오다 돌아보
니, 노인은 그대로 앉아 있었다.

27

감옥에서
어머님께 올린 글월

심훈

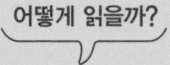

어떻게 읽을까?

① 작가가 글을 쓴 당시의 시대적 상황을 생각하며 읽어 보세요.
② 작가가 어머니에게 전하고자 하는 마음과 자신의 의지를 어떻게 표현하고 있는지 살펴보세요.

어머님!

오늘 아침에 차입해* 주신 고의적삼**을 받고서야 제가 이곳에
와 있는 것을 집에서도 아신 줄 알았습니다. 잠시도 어머니의 곁
을 떠나지 않던 막내둥이의 생사를 한 달 동안이나 아득히 아실
길 없으셨으니 그동안에 오죽이나 애를 태우셨겠습니까?

그러하오나 저는 이곳까지 굴러오는 동안에 꿈에도 생각지 못
하던 고생을 겪었건만 그래도 몸 성히 배포 유하게*** 큰집****에
와서 지냅니다. 고랑을 차고 용수*****는 썼을망정 난생처음으로
자동차에다가 보호 순사까지 앉히고 거들먹거리며 남산 밑에서
무학재 밑까지 내려 긁는 맛이란 바로 개선문으로 들어가는 듯하
였습니다.

어머님!

제가 들어 있는 방은 28호실인데 성명 3자도 떼어 버리고 2007

---

* 차입하다: 교도소나 구치소에 갇힌 사람에게 음식, 의복, 돈 따위를 들여보내다.
** 고의적삼: 여름에 입는 홑바지와 저고리
*** 유하다: 걱정이 없다.
**** 큰집: 교도소를 이르는 말
***** 용수: 죄수의 얼굴을 보지 못하도록 머리에 씌우는 둥근 통 같은 기구

호로만 행세합니다. 두 간*도 못 되는 방 속에 열아홉 명이나 비웃 두름** 엮이듯 했는데 그중에는 목사님도 있고 시골서 온 상투쟁이도 있고요, 우리 할아버지처럼 수염 잘 난 천도교 도사도 계십니다. 그밖에는 그날 함께 날뛰던 저의 동무들인데 제 나이가 제일 어려서 귀염을 받는답니다.

어머님!

날이 몹시도 더워서 풀 한 포기 없는 감옥 마당에 뙤약볕이 내리쪼이고, 주황빛의 벽돌담은 화로 속처럼 달고 방 속에는 똥통이 끓습니다. 밤이면 가뜩이나 다리도 뻗어 보지 못하는데, 빈대, 벼룩이 다투어 가며 진물을 살살 뜯습니다. 그래서 한 달 동안이나 쪼그리고 앉은 채 날밤을 새웠습니다. 그렇건만 대단히 이상한 일이 있지 않겠습니까? 생지옥 속에 있으면서 괴로워하는 사람이 하나도 없습니다. 누구의 눈초리에나 뉘우침과 슬픈 빛이 보이지 않고 도리어 그 눈들은 샛별과 같이 빛나고 있습니다.

더구나 노인네의 얼굴은 앞날을 점치는 선지자처럼, 고행하는 도승처럼 그 표정조차 엄숙합니다. 날마다 이른 아침 전등불이 꺼지는 것을 신호 삼아 몇 천 명이 같은 시간에 마음을 모아서 정성껏 같은 발원으로 기도를 올릴 때면 극성맞은 간수도 칼자루 소리를 내지 못하며 감히 들여다보지도 못하고 발꿈치를 돌립니다.

• 간: 길이의 단위. 한 간은 약 1.8미터에 해당한다.
•• 비웃 두름: 청어(비웃)를 짚으로 한 줄에 열 마리씩 두 줄로 엮은 것

어머님!

우리가 천 번 만 번 기도를 올리기로서니 굳게 닫힌 옥문이 저절로 열릴 리는 없겠지요. 우리가 아무리 목을 놓고 울며 부르짖어도 크나큰 소원이 하루아침에 이루어질 리도 없겠지요. 그러나 마음을 합하는 것처럼 큰 힘은 없습니다. 한데 뭉쳐 행동을 같이 하는 것처럼 무서운 것은 없습니다. 우리들은 언제나 그 큰 힘을 믿고 있습니다.

생사를 같이할 것을 누구나 맹세하고 있으니까요……. 그러길래 나이 어린 저까지도 이러한 고초를 그다지 괴로워하여 하소연해 본 적이 없습니다.

(중략)

어머님!

며칠 동안이나 비밀히 적은 이 글월을 들키지 않고 내어보낼 궁리를 하는 동안에 비는 어느덧 멈추고 날은 오늘도 저물어 갑니다. 구름 걷힌 하늘을 우러러 어머님의 건강을 빌 때, 비 뒤의 신록은 담 밖에 더욱 아름답사온 듯 먼 천의 개구리 소리만 철창에 들리나이다.

작품 출처 및 수록 교과서

작품	작가	출처	수록 교과서
아름다운 흉터	이청준	《아름다운 흉터》, 열림원, 2004	해냄에듀 1-1
어느 날 자전거가 내 삶 속으로 들어왔다	성석제	《농담하는 카메라》, 문학동네, 2008	해냄에듀 1-1
부딪치면서 배워요	오소희	《지금은 서툴러도 괜찮아》, 샘터, 2012	천재(정호웅) 1-1
괜찮아	장영희	《살아온 기적 살아갈 기적》, 샘터, 2019	동아출판 1-1
천 원	손성주	《꾸물꾸물 꿈》, 창비교육, 2015	지학사 1-2
선물	성석제	《농담하는 카메라》, 문학동네, 2008	동아출판 1-1
열보다 큰 아홉	이문구	《이문구》, 돌베개, 2004	비상(박현숙) 1-1
탑차를 끄는 사계절의 산타	김지원	광화문글판에세이 공모전, 2016	비상(박현숙) 1-2
할아버지의 엄마 나무	한아리	새얼백일장수상작품집 《딱 한번만》, 새얼문화재단, 2018	비상(박영민) 1-1
사막을 같이 가는 벗	양귀자	《삶의 묘약》, 샘터, 1996	
내 마음의 희망등	이순원	《내 인생의 한 사람》, 한길사, 2004	
집을 수리하고 나서	이규보	《욕심을 잊으면 새들의 친구가 되네》, 돌베개, 2006	동아출판 1-2
잘 준비된 말을	이해인	《꽃샵》, 샘터, 2003	창비 1-1

작품	작가	출처	수록 교과서
자연은 위대한 스승	김하경	《아침입니다》, 시대의창, 2010	천재(노미숙) 1-1
엄마의 눈물	장영희	《내 생애 단 한 번》, 샘터, 2021	
막내의 야구 방망이	정진권	《작은 도전자》, 다림, 2008	
네모난 수박	정호승	《정호승의 위안》, 열림원, 2003	
별명을 찾아서	정채봉	《스무 살 어머니》, 샘터, 2006	
꼴찌에게 보내는 갈채	박완서	《꼴찌에게 보내는 갈채》, 세계사, 2002	
촌스러운 아나운서	이금희	〈월간 샘터〉(제30권 9호), 샘터사, 1999	
흙을 밟고 싶다	문정희	《바라보는 것만으로도 난 행복하다》, 문학풍경, 1999	
도마뱀의 사랑	이범선	《전쟁과 배나무》, 신아출판사, 2021	
어린 날의 초상	문혜영	《시간을 건너오는 기억》, 열린출판, 2021	
어머니는 왜 숲속의 이슬을 떨었을까	이순원	〈길 위의 이야기〉, 한국일보 연재, 2003	
고래들의 따뜻한 동료애	최재천	《생명이 있는 것은 다 아름답다》, 효형출판, 2001	
달밤	윤오영	《곶감과 수필》, 태학사, 2008	
감옥에서 어머님께 올린 글월	심훈	한국저작권위원회 공유마당	

172